Weisheit im Märchen

Weisheit im Märchen
Herausgegeben von Theodor Seifert

Uwe Steffen

Die zwei Brüder

Jeder hat noch ein anderes Ich

Kreuz Verlag

CIP-Kurztitelaufnahme der Deutschen Bibliothek

Steffen, Uwe:
Die zwei Brüder: jeder hat noch e. anderes Ich /
Uwe Steffen. – 1. Aufl. – Zürich:
Kreuz-Verlag, 1986.
(Weisheit im Märchen)
ISBN 3-268-00038-X

1. Auflage
© Kreuz Verlag AG Zürich 1986
Gestaltung: Hans Hug
Umschlagfoto: Die Tetrarchen (Ausschnitt)
am Eingang des Dogenpalastes
auf dem Markusplatz in Venedig.
ISBN 3-268-00038-X

Inhalt

Vorwort

Mit der Zahl Zwei beginnt das Leben und seine Entfaltung. Unsere Vorfahren meinten, daß sich erst Himmel und Erde trennen mußten, damit genug Lebensraum für die Menschen frei würde, nur so konnten sie atmen und sich bewegen. Die ursprüngliche vor- und nachgeburtliche Mutter-Kind-Einheit, die Symbiose aus den Anfängen unseres Lebens, muß aufgelöst werden, sonst kann sich kein individueller Mensch entwickeln. Trennung, Ent-Zweiung sind Teile unseres Schicksals, der Zwei-fel ist Ausgangspunkt neuer Erkenntnis, die Polarität der Geschlechter Ursprung des Schöpferischen, des Neuen, des Kindes. Wenn der Zwei die Brüderlichkeit zugesellt ist, und davon handelt dieses Märchen, werden Leben und Wachstum fruchtbar gelingen.

Daß es sich hier um eine grundlegende, eine archetypische Dimension des Menschseins handelt, wird durch die Deutung des Brüdermärchens durch Uwe Steffen überzeugend sichtbar gemacht. Der weitgespannte Bogen, der geschichtliche, zeitgenössische, völkerkundliche, religionsgeschichtliche und theologische Gesichtspunkte heranzieht, läßt das ohnehin schon sehr anregende Märchen zu einer spannenden, immer aber auf das gelebte Leben bezogenen Lektüre werden. Nicht nur das: Es wurde, wie beiläufig, ein kleines Lehrbuch der Märchendeutung mitgeschrieben, ein zusätzliches Geschenk an den Leser. Trotz der Vielfalt an Material wird die Botschaft und Mahnung zur Brüderlichkeit immer spürbar. Und was vielleicht noch wichtiger ist: Der Weg hin zur »ganzen Menschlichkeit«, die in den beiden Brüdern und ihrem Umgang mit den Tieren erscheint, wird in den einzelnen Abschnitten deutlich und nachvollziehbar. So können Gegensätze überwunden werden, die uns schon von der vorigen Generation als Hypotheken überlassen wurden – der Generationenaspekt wird deutlich herausgearbeitet –, und die Zwei-heit bietet Gewähr, daß »das Andere« immer gegenwärtig ist, nicht vergessen, sondern aktiv mitgelebt wird. Was das im einzelnen auch immer sein mag, Anregung dazu enthält dieses Buch in Fülle.

Und hier noch ein Hinweis:

Die Autoren dieser Reihe haben sich beim Text des Märchens an folgende Ausgabe gehalten: *Kinder und Hausmärchen. Gesammelt durch die Brüder Grimm, 2 Bände, Manesse Verlag.*

Theodor Seifert

Wichtiger Hinweis für den Leser: Dieser Band enthält den vollständigen Text des Märchens »Die zwei Brüder« in Kursivschrift, aufgeteilt in sieben Abschnitte, die auf den Seiten 9, 22, 45, 62, 76, 93 und 104 beginnen.

Die zwei Brüder
Der zwiespältige Mensch

Es waren einmal zwei Brüder, ein reicher und ein armer. Der reiche war ein Goldschmied und bös von Herzen: der arme nährte sich davon, daß er Besen band, und war gut und redlich. Der arme hatte zwei Kinder, das waren Zwillingsbrüder und sich so ähnlich wie ein Tropfen Wasser dem anderen. Die zwei Knaben gingen in des Reichen Haus ab und zu und erhielten von dem Abfall manchmal etwas zu essen. Es trug sich zu, daß der arme Mann, als er in den Wald ging, Reisig zu holen, einen Vogel sah, der ganz golden war und so schön, wie ihm noch niemals einer vor Augen gekommen war. Da hob er ein Steinchen auf, warf nach ihm und traf ihn auch glücklich: es fiel aber nur eine goldene Feder herab, und der Vogel flog fort. Der Mann nahm die Feder und brachte sie seinem Bruder, der sah sie an und sprach: »Es ist eitel Gold«, und gab ihm viel Geld dafür. Am andern Tag stieg der Mann auf einen Birkenbaum und wollte ein paar Äste abhauen: da flog derselbe Vogel heraus, und als der Mann nachsuchte, fand er ein Nest, und ein Ei lag darin, das war von Gold. Er nahm das Ei mit heim und brachte es seinem Bruder, der sprach wiederum:

»Es ist eitel Gold«, und gab ihm, was es wert war. Zuletzt sagte der Goldschmied: »Den Vogel selber möcht ich wohl haben.« Der Arme ging zum drittenmal in den Wald und sah den Goldvogel wieder auf dem Baum sitzen: da nahm er einen Stein und warf ihn herunter und brachte ihn seinem Bruder, der gab ihm einen großen Haufen Gold dafür. »Nun kann ich mir forthelfen«, dachte er und ging zufrieden nach Haus.

Der Goldschmied war klug und listig und wußte wohl, was das für ein Vogel war. Er rief seine Frau und sprach: »Brat mir den Goldvogel und sorge, daß nichts davon wegkommt: ich habe Lust, ihn ganz allein zu essen.« Der Vogel war aber kein gewöhnlicher, sondern so wunderbarer Art, daß wer Herz und Leber von ihm aß, jeden Morgen ein Goldstück unter seinem Kopfkissen fand. Die Frau machte den Vogel zurecht, steckte ihn an einen Spieß und ließ ihn braten. Nun geschah es, daß, während er am Feuer stand und die Frau anderer Arbeiten wegen notwendig aus der Küche gehen mußte, die zwei Kinder des armen Besenbinders hereinliefen, sich vor den Spieß stellten und ihn ein paarmal herumdrehten. Und als da gerade zwei Stücklein aus dem Vogel in die Pfanne herabfielen, sprach der eine: »Die paar Bißchen wollen wir essen, ich bin so hungrig, es wird's ja niemand daran merken.« Da aßen sie beide die Stückchen auf; die Frau kam aber dazu, sah, daß sie etwas aßen, und sprach: »Was habt ihr gegessen?« – »Ein paar Stückchen, die aus dem Vogel herausgefallen sind«, antworteten sie. »Das ist Herz und Leber gewesen«, sprach die Frau ganz erschrocken, und damit ihr Mann nichts vermißte und nicht böse ward, schlachtete sie geschwind ein Hähnchen, nahm Herz und Leber heraus und legte es zu dem Goldvogel. Als er gar war, trug sie ihn dem Goldschmied auf, der ihn ganz allein verzehrte und nichts übrigließ. Am anderen Morgen aber, als er unter sein Kopfkissen griff und dachte, das Goldstück hervorzuholen, war so wenig wie sonst eins zu finden.

Die beiden Kinder aber wußten nicht, was ihnen für ein Glück zuteil geworden war. Am andern Morgen, wie sie aufstanden, fiel etwas auf die Erde und klingelte, und als sie es aufhoben, da waren's zwei Goldstücke. Sie brachten sie ihrem Vater, der wunderte sich und sprach: »Wie sollte das zugegangen sein?« Als sie aber am andern Morgen wieder zwei fanden und so jeden Tag, da ging er zu seinem Bruder und erzählte ihm die seltsame Geschichte. Der Goldschmied merkte gleich, wie es gekommen war und daß die Kinder Herz und Leber von dem Goldvogel gegessen hatten, und um sich zu rächen und weil er neidisch und hartherzig war, sprach er zu dem Vater: »Deine Kinder sind mit dem Bösen im Spiel, nimm das Gold nicht und dulde sie nicht länger in deinem Haus, denn er hat Macht über sie und kann dich selbst noch ins Verderben bringen.« Der Vater fürchtete den Bösen, und so schwer es ihm ankam, führte er doch die Zwillinge hinaus in den Wald und verließ sie da mit traurigem Herzen.[1]

11

Warum fasziniert mich dieses Märchen von den zwei Brüdern so sehr? Vielleicht, weil ich im Sternbild der Zwillinge geboren bin? Man sagt Zwillingen nach, daß sie sich als Hälfte von etwas anderem empfänden und daß sie sich zeitlebens nach dieser anderen Hälfte sehnten. – Ich halte nichts von der Astrologie. Ich glaube nicht, daß unser Schicksal in den Sternen steht. Und man muß nicht im Zeichen der Zwillinge geboren sein, um sich als Teil eines Ganzen zu fühlen.

Die Vorstellung von zwei Brüdern, die einander zur Ganzheit ergänzen, ist ein uraltes, universales Menschheitsmotiv. Das ägyptische Brüdermärchen zum Beispiel ist dreitausend bis viertausend Jahre alt. Insgesamt wurden 770 Varianten des vollständigen Brüdermärchens in Europa und darüber hinaus gezählt, dazu 368 Varianten des Teils des Brüdermärchens, der auch selbständig als Drachentötermärchen vorkommt (K. Ranke). Das Motiv von den zwei Brüdern findet sich aber nicht nur in Märchen, sondern ebenso in den Mythen von den göttlichen Zwillingen (zum Beispiel den Dioskuren), in den mittelalterlichen Ritterepen (zum Beispiel »Amis und Amiles«) und in den Romanen der Neuzeit (zum Beispiel Dostojewskis »Brüder Karamasoff«). Das Grimmsche Märchen »Die zwei Brüder« ist also nur eine Ausprägung dieses universalen Motivs.

Wo immer uns dieses begegnet, ist deutlich, daß die zwei Brüder entgegengesetzte und doch zusammengehörige Hälften einer Person verkörpern. Der Held ist gewissermaßen in zwei Figuren aufgespalten, manchmal in zwei feindliche Brüder, manchmal in zwei Zwillingsbrüder, die einander aufs Haar gleichen.

Ich kann diesen Gedanken gut nachvollziehen, denn ich selbst empfinde mich auch manchmal als »zwiespältig« und weiß, daß es anderen ebenso geht. Wir sagen beispielsweise: »Ich bin mit mir selbst nicht eins« oder: »Zwei Seelen wohnen, ach, in meiner Brust.« Die eine fühlt sich dem Himmel zugehörig und will deshalb hoch hinaus, die andere weiß sich der Erde verhaftet und von der dunklen Tiefe angezogen. Die eine orientiert sich am Vater und strebt nach Bewußtheit (progressiv), die andere an der Mutter und sehnt sich nach der ursprünglichen Unbewußtheit (regressiv). Die eine folgt dem Gesetz des lichten Geistes, die andere dem Gesetz dunkler, animalischer Triebkräfte. Die eine hält sich für unsterblich wie die Götter, die andere weiß, daß sie sterblich und todgeweiht ist.

Die Spannung zwischen diesen beiden Seiten führt oft zu dramatischen Konflikten. Wir fühlen uns hin- und hergerissen. Oft leben beide Seiten fremd und beziehungslos nebeneinander. Oft sind sie wie Nebenbuhler, die sich gegenseitig ihren Platz streitig machen. Oft gebärden sie sich wie erbitterte Feinde, die sich auf Leben und Tod bekämpfen. Was wir zum Beispiel mit Hilfe unseres Verstandes aufgebaut haben, reißen wir durch unser unbeherrschtes triebhaftes Verhalten wieder ein.

Andererseits kennen wir aber auch den beglückkenden Zustand, daß wir – meist nach langen inneren Kämpfen – mit uns selbst eins geworden sind, daß unsere Zwiespältigkeit einer klaren Einfachheit weicht und wir unseres Weges – trotz aller Widerstände und Anfechtungen – gewiß sind.

Wir können das »Zwei-Brüder-Motiv« auch so verstehen: Jede Handlung des Menschen in der Welt ruft eine Gegenkraft auf den Plan, mobilisiert das polar Entgegengesetzte – und so hält sich das Leben im Gleichgewicht. Bachofen, der große Mythendeuter des 19. Jahrhunderts, sah in den mythischen Zwillingen, die bald freundlich miteinander verbunden sind, bald sich bekämpfen, zwei kosmische Gegensätze: »Sie befeinden, bekämpfen sich ewig – wie Leben und Tod, Werden und Vergehen – und erhalten dadurch der Schöpfung ihre ewige Jugendfrische.«

In unserem Märchen bilden die beiden Brüder der Vätergeneration ein Gegensatzpaar: Der eine ist Goldschmied und reich, der andere Besenbinder und arm. Der Reiche ist klug und listig, jedoch bös von Herzen, der Arme einfältig und tölpelhaft, jedoch gutherzig.

Psychologisch betrachtet, stellen Reichtum und Überlegenheit die dominierende, meist aber erstarrte Funktion der seelischen Ganzheit dar, Armut und Tölpelhaftigkeit hingegen die minderwertige oder unterentwickelte, die sich noch in einem archaischen Zustand befindet. Viele Märchen schildern, wie sich der Arme, Einfältige, der die minderwertige Funktion verkörpert, auf wunderbare Weise durchsetzt und am Ende König, das heißt souverän wird.

Ganz allgemein gilt: Der Reiche, der alles hat und der darum weder auf Menschen noch auf Gott angewiesen ist, verkümmert seelisch und wird unlebendig. Der Arme aber entwickelt in seiner permanenten Bedürftigkeit seelische Instinkte und Fähigkeiten, die ihm helfen, zu leben und zu überleben. (Der Mensch entwickelt ja darum überlegene Fähigkeiten, weil er unvollkommener und bedürftiger als jedes Tier auf die Welt kommt.) Alle Religionen preisen die Armen selig, weil die Existenzweise des Seins und nicht die Existenzweise des Habens dem wahren Leben entspricht (Erich Fromm).

Der Reiche in unserem Märchen lebt und arbeitet als Goldschmied in der Stadt, der Arme als Besenbinder am Wald. Die Stadt, die nicht ausdrücklich erwähnt wird (aber wo sollte der Goldschmied sonst seine Waren verkaufen!), steht hier für die rationale Welt des Bewußtseins, der Wald für die Welt des Unbewußten mit ihren natürlichen Instinkten. Der Reiche ist weltoffen, hat aber die Beziehung zur Natur und zum Unbewußten verloren. Der Arme lebt in unmittelbarer Beziehung zur Natur und zum Unbewußten, ist aber weltfremd. Es ist deutlich, wie in den zwei Brüdern der Vätergeneration die Einheit und Ganzheit des Menschen, die Bewußtsein und Unbewußtes umfaßt, in zwei Hälften aufgespalten ist und wie fremd sich beide Hälften gegenüberstehen.

Ist das nicht für uns heutige Menschen kennzeichnend? In einem notwendigen und befreienden Prozeß hat sich unser Bewußtsein aus der Umklammerung durch das Unbewußte gelöst. Aber dann hat sich unser Ichbewußtsein vom Unbewußten abgespalten, hat sich isoliert und ist erstarrt. Wir müssen, um die dadurch entstandene Krise des Bewußtseins zu überwinden, wieder Anschluß gewinnen an den schöpferischen Urgrund des Unbewußten, aus dem unser

Bewußtsein hervorging und in dem es wurzelt. Wir dürfen uns nicht mit unserem »Ich«, dem Zentrum unseres Bewußtseins, identifizieren; denn unser Bewußtsein ist nur ein Teil, und zwar der kleinere Teil unserer seelischen Ganzheit. Das Zentrum unserer seelischen Ganzheit, die sowohl unser bewußtes Wollen als auch unsere unbewußte Intuition und Instinkthaftigkeit umfaßt, ist (in der Begrifflichkeit der Jungschen Psychologie) das »Selbst«.

Den Weg vom ich-zentrierten zum selbst-zentrierten Leben, den die Psychologen als Individuationsprozeß bezeichnen, schildern viele Märchen in urtümlichen, archetypischen Bildern. In unserem Märchen taucht eine erste flüchtige Ahnung des Selbst, ein Symbol der Ganzheit, in Gestalt des goldenen Vogels auf. Er führt die beiden Brüder der Vätergeneration zusammen.

Der Besenbinder bringt die goldene Feder des Wundervogels, dem er im Wald nachstellte, seinem Bruder, weil er selbst damit nichts anzufangen weiß. Sein Bruder sieht in der goldenen Feder (wie hernach im goldenen Ei) einen Hinweis auf eine andere, geheimnisvolle, ihm verborgene Wirklichkeit, die ihm so wichtig wird, daß er dafür gern seinen Reichtum hingibt. (Im Grimmschen Märchen »Der goldene Vogel« erklären die Ratsherren dem König, die Feder des goldenen Vogels »sei mehr wert als das gesamte Königreich«.) Darum will der Reiche den ganzen Vogel haben, um sich dessen Herz und dessen Leber »einzuverleiben«. Wer erst des Seelengoldes ansichtig geworden ist, kann nicht mehr leben, ohne es zu erlangen.

Der goldene Vogel ist ein Bild der Seele (Seelen-vogel), Symbol des Selbst als Kern der seelischen Ganzheit, oder – wie die Psychologen der Jungschen Schule sagen: Symbol der Anima, die vornehmlich die bislang unterdrückten, unterentwickelten und undifferenziert gebliebenen Seelenanteile repräsentiert und die Verbindung zum Selbst herstellt. Gold deutet auf den höchsten Wert, die Vogelgestalt auf ein flüchtiges Auftauchen des Seelenbildes, auf eine geistige Idee, die dem Menschen »vorschwebt«, die dem menschlichen Bewußtsein fern ist und ihm leicht wieder entschwindet.

Der Arme tauscht den goldenen Vogel für einen »großen Haufen Gold« ein: lebendiges Seelengold gegen totes Goldmetall. Jeder der beiden Brüder sehnt sich nach dem, was ihm fehlt: Der Arme sehnt sich nach Gold, der Reiche nach Seele. Der Arme erlegt den goldenen Vogel, kennt aber sein Geheimnis nicht und gibt ihn deshalb fort. Der Reiche will ihn ganz für sich allein haben, denn er kennt sein Geheimnis, aber er verfehlt ihn.

Hier nun treten die zwei Brüder der nächsten Generation, von denen das Märchen eigentlich handelt, auf den Plan. Wohlgemerkt: es sind die Söhne des Armen; der Reiche hat keine Kinder. Die Söhne des Besenbinders sind Zwillinge und einander »so ähnlich wie ein Tropfen Wasser dem andern«, das heißt, die Gegensatzproblematik tritt in der Kindheit noch nicht zutage. Da lebt der Mensch noch im Paradies der Ureinheit und Ganzheit. Der Zwiespalt beginnt erst, wenn er aus dem Paradies der Kindheit ausgetrieben wird.

17

Es fällt auf, daß von der Mutter der zwei Brüder keine Rede ist. Sie leben in einer rein männlichen Welt, der das weibliche Element fehlt. Im schwedischen Zwei-Brüder-Märchen »Silberweiß und Lillwacker« ist es genau umgekehrt: Dort sind es der Sohn der Königstochter und der Sohn ihrer Dienerin, die als Pflegebrüder zusammen aufwachsen und einander wie zwei Beeren gleichen. Von ihren Vätern ist keine Rede; sie sind auf magische Weise gezeugt.

Unsere zwei Brüder wohnen am Wald, gehen aber ab und zu in das Haus ihres Vaterbruders und sättigen sich von den Brosamen, die von des Reichen Tisch fallen. Ohne zu wissen, was sie tun, essen sie Herz und Leber des goldenen Vogels und werden dadurch zu »Goldkindern« (vergleiche das gleichnamige Märchen der Brüder Grimm, das mancherlei Ähnlichkeit mit unserem Märchen aufweist): Jeden Morgen finden sie ein Goldstück unter ihrem Kopfkissen. Die Morgenstunde hat für sie buchstäblich Gold im Munde. Man kann dieses Bild bis in die religiöse Dimension ausweiten, indem man die »Goldkinder« als »Erwählte« oder »Begnadete« interpretiert. Ich denke dabei an biblische Aussagen wie diese: »Den Seinen gibts der Herr im Schlaf«, oder: Gottes Barmherzigkeit »ist alle Morgen neu«. Der wahre Reichtum des Christen besteht in der Gnade Gottes, die ihm »ohn all sein Verdienst und Würdigkeit« zuteil wird.

Als der Arme seinem Bruder in aller Einfalt von dem Wunder berichtet, erkennt dieser sofort, was geschehen ist. Was ihm selbst versagt blieb, gönnt er auch keinem andern. Er empfindet Neid gegenüber den Glückskindern, und Neid ist die Wurzel alles Bösen. »Bös von Herzen«, wie er ist, trachtet er danach, Rache an ihnen zu nehmen für das ihm entgangene Glück.

Neidgefühle gegenüber Glückskindern, ja sogar Todeswünsche gegenüber den heranwachsenden neuen Lebensträgern – das ist ein immer wiederkehrendes Motiv im Märchen. Kein Wunder, denn auch im Leben begegnen wir häufig solchen Neidgefühlen der älteren Generation gegenüber der jüngeren. Die vitalen, begabten, kreativen Jugendlichen bringen den Älteren zum Bewußtsein, daß deren geistige Beweglichkeit und Spannkraft nachläßt und sie den neuen Anforderungen nicht mehr gewachsen sind, kurz: daß sie nicht mehr mithalten können. Oft reagieren die Älteren darauf mit Abwehr, weil sie um ihre Stellung, um ihr Ansehen und um ihren Einfluß fürchten, und nicht selten versuchen sie, mit allen ihnen zu Gebote stehenden Mitteln ihren »Besitzstand« zu wahren.

Ein krasses Beispiel solchen Verhaltens erzählt die Bibel in unverkennbar symbolischer Sprache: Als König Herodes von dem »neugeborenen König der Juden« hörte, fürchtete er um seinen Thron und ließ alle Kinder, die zwei Jahre alt oder jünger waren, in Bethlehem und der ganzen Gegend töten.

Meistens äußert sich der Todeswunsch indirekt, weil man ihn sich selbst und anderen nicht eingesteht und weil er der geltenden Moral und Gesetzgebung zuwiderläuft. Manchmal setzt man den Beneideten oder Gehaßten einer tödlichen Gefahr aus und überläßt es dem Schicksal, ob dieser überlebt oder nicht.

So ist es auch in unserem Märchen: Nachdem der Reiche seinem Bruder eingeredet hat, daß die Kinder mit dem Bösen im Bunde seien und er deshalb die Goldstücke nicht behalten könne, rät er ihm dringend, sich von seinen Kindern zu trennen, um nicht mit ins Verderben hineingerissen zu werden. Dieser, furchtsam und seinem Bruder hörig, setzt die Zwillinge im Wald aus – wenn auch mit traurigem Herzen.

Das Aussetzen von Kindern kommt im Märchen häufig vor. Es steht für die Austreibung aus dem Paradies der Kindheit, wie sie jeder Mensch früher oder später erfährt. Dem Leben »ausgesetzt«, beginnt die Entwicklungsphase, die zutreffend als »Reife-Elend« bezeichnet worden ist. Dieses Wort bringt zum Ausdruck, daß die Aussetzung ein notwendiger Anstoß zu Entwicklung und Reife ist. Sie gehört zu den archetypischen Stadien des Heldenweges (vergleiche die Aussetzung des Mose), der in symbolischer Form die Entwicklung des menschlichen Bewußtseins darstellt (E. Neumann). Die Aussetzung des Kindes, die tödliche Bedrohung durch die Gegenmächte und die wunderbare Errettung sind Voraussetzung für die Erstarkung des Helden, des Ichbewußtseins. Denn nur wer den Tod überwindet, kann im tiefsten Sinne Mensch werden.

War die Aussetzung der Zwillinge in unserem Märchen ein Akt der Rache für das gestohlene Glück, durch den der Reiche die Kinder des Armen dem Tode ausliefert, so schlägt doch den Glückskindern dieses harte Schicksal zum Guten aus. Darin drückt sich das Urvertrauen des Märchens aus, daß auch das Böseste dem Menschen zum Besten dienen will und daß aus jedem Tod neues Leben entstehen kann. So könnten auch die zwei Brüder wie Josef im Rückblick auf das, was ihnen von Menschen widerfuhr, sagen: »Ihr gedachtet es böse mit mir zu machen, aber Gott gedachte es gut zu machen.« – Aber bis dahin ist noch ein weiter Weg.

Lehrjahre

Nun liefen die zwei Kinder im Wald umher und suchten den Weg nach Haus, konnten ihn aber nicht finden, sondern verirrten sich immer weiter. Endlich begegneten sie einem Jäger, der fragte: »Wem gehört ihr, Kinder?« – »Wir sind des armen Besenbinders Jungen«, antworteten sie und erzählten ihm, daß ihr Vater sie nicht länger im Hause hätte behalten wollen, weil alle Morgen ein Goldstück unter ihrem Kopfkissen läge. »Nun«, sagte der Jäger, »das ist gerade nichts Schlimmes, wenn ihr nur rechtschaffen dabei bleibt und euch nicht auf die faule Haut legt.« Der gute Mann, weil ihm die Kinder gefielen und er selbst keine hatte, so nahm er sie mit nach Hause und sprach: »Ich will euer Vater sein und euch großziehen.« Sie lernten da bei ihm die Jägerei, und das Goldstück, das ein jeder beim Aufstehen fand, das hob er ihnen auf, wenn sie's in Zukunft nötig hätten.

Als sie herangewachsen waren, nahm sie ihr Pflegevater eines Tages mit in den Wald und sprach: »Heute sollt ihr euern Probeschuß tun, damit ich euch freisprechen und zu Jägern machen kann.« Sie gingen mit ihm auf den Anstand und warteten lange, aber es kam kein Wild. Der Jäger sah über sich und sah eine Kette von Schneegänsen in der Gestalt eines Dreiecks fliegen; da sagte er zu dem einen: »Nun schieß von jeder Ecke eine herab.« Der tat's und vollbrachte damit seinen Probeschuß. Bald darauf kam noch eine Kette angeflogen und hatte die Gestalt der Ziffer Zwei: da hieß der Jäger den andern gleichfalls von jeder Ecke einen herunterholen, und dem gelang sein Probeschuß auch. Nun sagte der Pflegevater: »Ich spreche euch frei, ihr seid ausgelernte Jäger.« Darauf gingen die zwei Brüder zusammen in den Wald, ratschlagten miteinander und verabredeten etwas. Und als sie abends sich zum Essen niedergesetzt hatten, sagten sie zu ihrem Pflegevater: »Wir rühren die Speise nicht an und nehmen keinen Bissen, bevor Ihr uns eine Bitte gewährt habt.« Sprach er: »Was ist denn eure Bitte?« Sie antworteten: »Wir haben nun ausgelernt, wir müssen uns auch in der Welt versuchen; so erlaubt, daß wir fortziehen und wandern.« Da sprach der Alte mit Freuden: »Ihr redet wie brave Jäger; was ihr begehrt, ist mein eigener Wunsch gewesen; zieht aus, es wird euch wohlergehen.« Darauf aßen und tranken sie fröhlich zusammen.

Als der bestimmte Tag kam, schenkte der Pflegevater jedem eine gute Büchse und einen Hund und ließ jeden von seinen gesparten Goldstücken nehmen, soviel er wollte. Darauf begleitete er sie ein Stück Wegs, und beim Abschied gab er ihnen noch ein blankes Messer und sprach: »Wann ihr euch einmal trennt, so stoßt dies Messer am Scheideweg in einen Baum; daran kann einer, wenn er zurückkommt, sehen, wie es seinem abwesenden Bruder ergangen ist, denn die Seite, nach welcher dieser ausgezogen ist, rostet, wenn er stirbt: solange er aber lebt, bleibt die blank.«

Die zwei Brüder gingen immer weiter fort und kamen in einen Wald, so groß, daß sie unmöglich in einem Tag herauskonnten. Also blieben sie die Nacht darin und aßen, was sie in die Jägertasche gesteckt hatten; sie gingen aber auch noch den zweiten Tag und kamen nicht heraus. Da sie nichts zu essen hatten, so sprach der eine: »Wir müssen uns etwas schießen, sonst leiden wir Hunger«, lud seine Büchse und sah sich um. Und als ein alter Hase dahergelaufen kam, legte er an, aber der Hase rief:

»Lieber Jäger, laß mich leben,
Ich will dir auch zwei Junge geben.«

Sprang auch gleich ins Gebüsch und brachte zwei Junge; die Tierlein spielten aber so munter und waren so artig, daß die Jäger es nicht übers Herz bringen konnten, sie zu töten. Sie behielten sie also bei sich, und die kleinen Hasen folgten ihnen auf dem Fuße nach. Bald darauf schlich ein Fuchs vorbei, den wollten sie niederschießen, aber der Fuchs rief:

»Lieber Jäger, laß mich leben,
Ich will dir auch zwei Junge geben.«

Er brachte auch zwei Füchslein, und die Jäger mochten sie auch nicht töten, gaben sie den Hasen zur Gesellschaft, und sie folgten ihnen nach. Nicht lange, so schritt ein Wolf aus dem Dickicht, die Jäger legten auf ihn an, aber der Wolf rief:

»Lieber Jäger, laß mich leben,
Ich will dir auch zwei Junge geben.«

Die zwei jungen Wölfe taten die Jäger zu den anderen Tieren, und sie folgten ihnen nach. Darauf kam ein Bär, der wollte gern noch länger herumtraben und rief:

»Lieber Jäger, laß mich leben,
Ich will dir auch zwei Junge geben.«

Die zwei jungen Bären wurden zu den anderen gesellt, und waren ihrer schon acht. Endlich, wer kam? Ein Löwe kam und schüttelte seine Mähne. Aber die Jäger ließen sich nicht schrecken und zielten auf ihn: aber der Löwe sprach gleichfalls:

»Lieber Jäger, laß mich leben,
Ich will dir auch zwei Junge geben.«

Er holte auch seine Jungen herbei, und nun hatten die Jäger zwei Löwen, zwei Bären, zwei Wölfe, zwei Füchse und zwei Hasen, die ihnen nachzogen und dienten. Indessen war ihr Hunger damit nicht gestillt worden; da sprachen sie zu den Füchsen: »Hört, ihr Schleicher, schafft uns etwas zu essen, ihr seid ja listig und verschlagen.« Sie antworteten: »Nicht weit von hier liegt ein Dorf, wo wir schon manches Huhn geholt haben; den Weg dahin wollen wir euch zeigen.« Da gingen sie ins Dorf, kauften sich etwas zu essen und ließen auch ihren Tieren Futter geben und zogen dann weiter.

Die Füchse aber wußten guten Bescheid in der Gegend, wo die Hühnerhöfe waren, und konnten die Jäger überall zurechtweisen.

Nun zogen sie eine Weile herum, konnten aber keinen Dienst finden, wo sie zusammen geblieben wären; da sprachen sie: »Es geht nicht anders, wir müssen uns trennen.« Sie teilten die Tiere, so daß jeder einen Löwen, einen Bären, einen Wolf, einen Fuchs und einen Hasen bekam: dann nahmen sie Abschied, versprachen sich brüderliche Liebe bis in den Tod und stießen das Messer, das ihnen ihr Pflegevater mitgegeben, in einen Baum; worauf der eine nach Osten, der andere nach Westen zog.

D ie zwei ausgesetzten Brüder suchen zunächst den Weg nach Hause zurück. Immer wenn wir aus einem Lebensabschnitt herausgerissen werden, suchen wir zunächst den Weg zurück. Wir wollen uns von dem Gewohnten nicht trennen, mag es auch noch so kümmerlich gewesen sein. Wir sehnen uns danach zurück – so wie sich das Volk Israel auf der Wüstenwanderung ins Gelobte Land immer wieder zurücksehnte nach den »Fleischtöpfen Ägyptens«. Aber es gibt im Leben kein Zurück. Vor jedem Lebensabschnitt, den wir hinter uns gelassen haben, steht – wie vor dem verlorenen Paradies – ein Engel mit dem Flammenschwert, der uns die Rückkehr verwehrt. Wir müssen unser Schicksal annehmen, müssen das Reife-Elend auf uns nehmen, auch wenn der »alte Adam« in uns sich noch so sehr dagegen sträubt, weil er sich nicht ändern will. Wir können, was wir verloren haben, nur auf dem vor uns liegenden Weg auf einer höheren Ebene wiedergewinnen.

Die zwei Brüder verirren sich immer tiefer im Wald, bis sie gänzlich die Orientierung verlieren. Der undurchdringliche Wald symbolisiert seit uralten Zeiten »die dunkle, verborgene, fast undurchdringliche Welt unseres Unbewußten. Wir haben das Gerüst verloren, das unserem früheren Leben Halt gegeben hat, wir müssen aus eigener Kraft den Weg zu uns selbst finden, und wir betreten diese Wildnis mit einer noch unentwickelten Persönlichkeit« (B. Bettelheim).

Immer wenn wir in einen neuen Lebensabschnitt hineingestoßen werden, geraten wir in eine Zeit der Orientierungslosigkeit und der Besinnung auf uns selbst. Dies ist die erste von den drei Phasen des Reifeprozesses: die Trennung und Entfernung von der bisherigen Daseinsweise, der dann die Einweihung in die neue Daseinsweise und die Wiedergeburt in die neue Daseinsweise folgt. In den Reifezeremonien der Naturvölker wurde der Übergang von einer Daseinsweise in eine andere rituell vollzogen. Die Trennung wurde oft durch eine gewaltsame Entfernung des Einzuweihenden aus seinem bisherigen Lebenskreis herbeigeführt. An einem isolierten Ort (Urwald, Busch, Finsternis) dienten harte Prüfungen (nicht schlafen, sich nicht bewegen, nichts essen und trinken, nichts sehen, nichts sagen) dazu, den Geist des Einzuweihenden mit der Wurzel von den Bedingungen und Lebensgewohnheiten des zu beendenden Stadiums loszureißen. Unter dieser Prozedur starb der Einzuweihende dem bisherigen Leben ab.

Für mich fiel die Reifezeit mit dem Zusammenbruch des Dritten Reiches zusammen. Dieser war zugleich der Zusammenbruch der äußeren und inneren Welt, in der ich bis dahin gelebt hatte. Die Werte von gestern galten nichts mehr, und neue Werte waren für mich noch nicht in Sicht. Unbehaustheit (unser Haus war im Krieg zerstört worden), Armut (fast alles, was ich besessen hatte, war verbrannt), Hunger (Lebensmittelrationierung), Sorge um das Nötigste zum Leben (Kleidung, Kohlen) und Angst vor einem neuen Krieg (zwischen den Amerikanern und Russen) kennzeichneten die Situation, in der ich mich damals befand. Zu den leiblichen Entbehrungen kam die Enttäuschung der in uns geweckten Hoffnungen und die Verbitterung über die Verführung, der wir gutgläubig erlegen waren. Erst allmählich wich die Lähmung. Verzweiflung bemächtigte sich meiner. Ich begann nach bleibenden Werten zu suchen, an denen ich mein zukünftiges Leben ausrichten konnte. In dieser Zeit der Umorientierung begegnete ich einem Menschen, einem Lehrer, der mir nicht nur objektives Wissen vermittelte, sondern der mir half, die hinter uns liegende Epoche zu verarbeiten und mich auf neue Werte zu orientieren.

Die zwei Brüder begegnen in dem undurchdringlichen Wald, in dem sie sich verirrt haben, einem Jäger, der sie mit nach Hause nimmt und ihnen verspricht: »Ich will euer Vater sein und euch großziehen.« Er tritt an die Stelle des menschlich-irdischen Vaters als Erzieher. Er ist es, der die Einweihung in den neuen Lebensabschnitt vornimmt. Daß er es ehrlich mit ihnen meint, geht daraus hervor, daß er die Goldstücke, die sie jeden Morgen unter ihrem Kopfkissen finden, für ihre Zukunft aufhebt.

Der Jäger als Erzieher – das hat mich intensiv beschäftigt. Wenn der Wald die undurchdringliche Welt des Unbewußten symbolisiert, genauer: das Unbewußte als das unbekannte, im Körperleben wurzelnde vegetative Leben, dann symbolisieren die Tiere des Waldes die animalischen Instinkte des Unbewußten. Der Jäger, dem die zwei Brüder im Wald begegnen, kennt sich mit den Tieren aus und ist Herr über sie. Er besitzt ein instinktives Naturwissen, das im Unterschied zum bewußten Wissen als »unbewußtes Wissen« bezeichnet werden kann. Dieses unbewußte Wissen »weiß«, wie der ganze äußerst komplizierte menschliche Organismus lebenserhaltend funktioniert und wie das organische Gleichgewicht, wenn es gestört ist, wiederhergestellt werden kann. Solches unbewußte Wissen äußert sich bei uns häufig im Traum, der zumeist unsere einseitige bewußte Einstellung kompensiert und damit Anstoß gibt, sie zu ergänzen und auszugleichen. Alles in allem: Der Jäger symbolisiert »die höhere, die zukunftbestimmende unbewußte Macht, welche als Impuls die Helden in ihr Schicksal treibt« (v. Beit).

Wenn der Jäger zuweilen als mit dem Teufel im Bunde aufgefaßt wird, so deshalb, weil der Teufel im Märchen ein Bild der vom Menschen »verteufelten« und darum ins Unbewußte verdrängten Naturtriebe und animalischen Instinkte ist. (Nicht zufällig wird der Teufel als Bocksgestalt mit Hörnern dargestellt, ähnlich dem Naturgott Pan.) Eine solche Verteufelung der menschlichen Natur geschah vor allem in

29

dem mit neuplatonischem Gedankengut verschmolzenen Christentum pietistischer Prägung, das den Geist Gottes in einem unversöhnlichen Gegensatz zur Natur sah. »Sünde« wurde vor allem als der »böse Trieb« aufgefaßt, worunter man hauptsächlich die Sexualität verstand. Der menschliche Körper wurde als das »sündige Fleisch« angesehen, das man – auch vor sich selbst – schamhaft verbarg. Alles Natürlich-Instinkthafte wurde zum Inbegriff des Heidnischen, des Bösen, ja des Widergöttlichen. Aber gerade dadurch, daß man die dunklen, triebhaften Regungen der unbewußten menschlichen Natur moralisch unterdrückte, verleugnete, verdrängte oder gar verteufelte, wurden ihnen gegenüber die Angst und die Schuldgefühle nur vermehrt, und aus ihnen speiste sich dann ein Großteil unerklärlicher aggressiver Triebregungen.

Ich spreche aus eigener Betroffenheit; denn ich stamme aus einem protestantischen Pfarrhaus. Seine hohe geistig-moralische Ausrichtung war zwar nicht von der eben geschilderten pietistischen Einstellung geprägt, aber über Vorgänge des triebhaften Lebens, beispielsweise über Erotik und Sexualität, wurde niemals gesprochen. Sie waren kein Thema, und das führte zu einer zwiespältigen Haltung ihnen gegenüber und führte zur Unsicherheit im Umgang mit ihnen.

Gerade in der Zeit, in der ich mich mit diesen Gedanken beschäftigte, fiel mir ein Essay des Theologen Hans Jürgen Baden in die Hände, der genau das formulierte, was in mir nach Ausdruck suchte (wie uns ja überhaupt, wenn wir uns mit einer Sache beschäftigen, auf Schritt und Tritt Beiträge dazu begegnen, die es natürlich vorher auch schon gegeben hat, die wir aber erst wahrnehmen, wenn wir dafür empfänglich sind). In dem Essay heißt es:»Es kommt alles darauf an, daß im Menschen die Harmonie der geistigen, der pflanzlichen und der tierischen instinktiven Natur gewahrt wird (paradiesischer Zustand). Diese kombinierten Einflüsse machen den Menschen überhaupt erst komplett. Sobald wir die instinktive Seite unserer Natur vernachlässigen, sind die Folgen unabsehbar. Wir sind auf das tierische Element und dessen dauernden Einfluß angewiesen, wenn wir nicht entarten wollen. Der Mensch ist in der Instinktwelt verwurzelt, empfängt aus ihr entscheidende Impulse. Wenn das Grundwasser der Existenz versiegt, sterben wichtige Äste des Lebensbaumes ab, vom blutvollen Dasein bleibt nur noch ein Bruchstück zurück. Die instinktive Dystonie (Störung) zeigt sich darin, daß in wachsendem Maße Schwierigkeiten auftreten, die dem normalen Dasein in dieser Häufung fremd sind.«

Die rationalistische Geisteshaltung mit ihrer einseitigen Betonung der Vernunft führte ebenfalls zur Fremdheit des Menschen sowohl gegenüber der äußeren als auch gegenüber der inneren Natur, ja zu deren Unterdrückung. Da man den Menschen als den vernunftbegabten Teil der Kreatur ansah, ließ man nur seine rationalen Kräfte (Verstand und Willen) gelten und hielt die Welt der Triebe, der Instinkte, des Unbewußten, des Weiblichen im Menschen nieder, ja bekämpfte sie als etwas Unvernünftiges, Tierisches. Demgegenüber erkennen wir heute, daß der Mensch die Aufgabe hat, die ursprüngliche Harmonie in seinem Innern ständig von neuem zu verwirklichen, indem er sich um Ausgewogenheit der rationalen, vegetativen und instinktiven Kräfte müht.

Die zwei Brüder gehen also bei dem Jäger in die Lehre, das heißt, es werden diejenigen Lebensfunktionen ausgebildet, die nicht vom Bewußtsein gesteuert werden. Sie lernen den Umgang mit den unheimlichen, animalischen, wilden Kräften der unbewußten menschlichen Natur. Die Einübung in den Umgang mit ihnen führt durch eine Zeit der Wildheit und des Chaos hindurch. Die Zeit der Einweihung wurde bei den Naturvölkern tatsächlich in der Wildnis verbracht, nicht nur in der wilden Natur, sondern auch außerhalb der gesellschaftlichen Formen, gewissermaßen auf der Tierstufe (wie zum Beispiel Siegmund, der Vater Siegfrieds, und Sinfgötli ihre Einweihungszeit – Wolfszeit – in einer Erdhöhle im Walde verbringen), in einem wilden Räuberdasein oder in bruderschaftlichen Wolfs- und Berserkerbünden. Ber-serkr heißt »Bärenhäuter«, der in Bärenfelle Gekleidete – ein häufiges Märchenmotiv. Lebt diese Tradition nicht heute in den jugendlichen Subkulturen weiter, zum Beispiel in den Rockergruppen, Banden und Cliquen der verschiedensten Art?

Durch die Erlaubnis zu einem ritualisierten und damit begrenzten Ausleben der Triebe wurde der Gefahr späterer unkontrollierter, »wilder« Triebdurchbrüche entgegengewirkt, dem etwa, was treffend »ungekonnte Aggression« genannt worden ist (A. Mitscherlich). In dem kultischen Chaos reifte der Mensch heran, »unter dem Ansturm aller Seelen: der Elemente, Tiere, Manen und Götter vollzog sich die

Reife der eigenen Seele« (H.Gehrts). Aus der Wildnis, dem Chaos, in das der Einzuweihende gestürzt wurde, ging die neue Schöpfung hervor – wie die Welt, die im Anfang aus dem Chaos erstand.

Für den Naturmenschen ist die Ausbildung seiner animalischen Instinkte und Fähigkeiten lebensnotwendig – wie soll er sonst in der wilden Natur überleben können? Ebenso notwendig ist für ihn die Beherrschung seiner Triebkräfte – wie soll er sonst in der Stammesgemeinschaft leben können? Wir Kulturmenschen gleichen einem Tier, das – gezähmt und in einem »goldenen Käfig« gehalten – seine natürliche Instinkthaftigkeit und Reaktionsfähigkeit verloren hat und darum unfähig geworden ist, in der wilden Natur zu leben. Je unabhängiger sich der Mensch mit Hilfe der Technik von der Natur macht, um so mehr verkümmern seine natürlichen Instinkte und Fähigkeiten, desto abhängiger wird er von technischen Apparaten, die sie ersetzen. Heute beginnen wir zu erkennen, welch hohen Preis wir für unsere Zivilisation bezahlt haben.

In der Tat, in unserem Märchen geht es um eine andere Art von Lehre und Reife als in unserer rationalen Welt. Da wird dem Heranwachsenden kein angelerntes Bücherwissen abgefragt, sondern da wird er auf Leben und Tod der wilden Natur um ihn herum und in sich selbst ausgesetzt, um durch Erfahrung am eigenen Leibe und an der eigenen Seele eine Reife zu erlangen, die darin besteht, daß er mit den dunklen, gefährlichen Kräften der Natur innen und außen umzugehen gelernt hat.

Es geht bei dieser Gegenüberstellung nicht

darum, die eine Art der Reife gegen die andere auszuspielen. Wir brauchen zur Erziehung des Menschen in seiner Ganzheit beides: die Ausbildung und Beherrschung der Kräfte des Geistes und der Natur; denn es wäre eine Katastrophe, wenn der Mensch, der in der Lage ist, ungeheure Kräfte der Zerstörung zu entfesseln, nicht gelernt hätte, mit den dunklen, zerstörerischen Kräften seiner eigenen unbewußten Natur umzugehen und sie zu beherrschen.

Noch aber läuft die heutige Erziehung – gerade die christliche! – weitgehend darauf hinaus, die natürlichen Triebe zu unterdrücken und Erfahrungen mit ihnen zu verhindern. Aber sowenig ein Mensch den Umgang mit Alkohol lernt, wenn man ihm den Alkohol verbietet, sowenig lernt er den Umgang mit seinen natürlichen Trieben, wenn Verbote und Strafen ihn daran hindern, Erfahrungen – auch negative – mit ihnen zu machen. Es ist verständlich, daß sich die Jugend in unserer wohlgeordneten Gesellschaft Freiräume schafft, in denen sie – wenn zunächst auch in wilder, chaotischer Weise – den Umgang zum Beispiel mit ihrer Aggression und ihrer Sexualität erprobt. Sie empfindet das nicht von ungefähr als »tierisch« und »stark«. Nur wer die starken, gefährlichen Triebe in sich nicht verdrängt, sondern mit ihnen umzugehen lernt, kann sie seinem Bewußtsein zur freien Verfügung unterordnen und sie sich dienstbar machen.

Die Lehrjahre der zwei Brüder enden mit dem Probeschuß. Dabei geht es wesentlich um dreierlei: um Selbstbeherrschung und Geduld (sie »warteten lange« auf dem Anstand), um Zielgerichtetheit, und zwar auf ein fernes Ziel (da kein Wild kam, schossen sie auf Zugvögel, die hoch über sie hinwegflogen) und um Treffsicherheit (sie müssen aus einer Formation von Schneegänsen bestimmte herunterschießen).

Ich denke dabei an die Kunst des Bogenschießens, die in Ostasien nicht bloß ein Sport, sondern eine geistige, mystische Übung ist, die tief in der buddhistischen Geisteshaltung wurzelt. Ziel dieser Kunst ist nicht so sehr das Treffen der Zielscheibe, sondern ein geistiges Treffen, »so daß also der Schütze im Grunde genommen auf sich selbst zielt und dabei vielleicht erreicht, daß er sich selbst trifft« (Eugen Herrigel, Zen in der Kunst des Bogenschießens). – So geht es auch bei dem Probeschuß der zwei Brüder letztlich darum, daß sie fähig sind, das ihnen gewiesene Ziel zu treffen. Mir fällt dazu eine Äußerung des Apostels Paulus ein, in der er von dem »vorgesteckten Ziel« redet, dem er »nachjagt«. Dabei verwendet er für »Ziel« ein Wort (skopós), das schon Homer im Sinne von Ziel oder Zielscheibe gebrauchte, auf die der Bogenschütze schießt und die er treffen oder verfehlen kann.

In der Schilderung des Märchens ist eine Einzelheit auffallend: Der eine Bruder muß aus einer Kette von Schneegänsen »in Gestalt eines Dreiecks« von jeder Ecke ein Tier herunterschießen, der andere zwei Gänse aus einer Kette, die die »Gestalt der Ziffer Zwei« hat. Da Schneegänse in Wirklichkeit in Linien- oder in Keilformation fliegen, ist die Schilderung wohl von der Zahlensymbolik bestimmt.

Der erste »zielt« auf die Drei. Das Dreieck, in dem sich Dynamik und Statik die Waage halten, ist

Gottes- und Ewigkeitssymbol. »Im Zeichen des Dreiecks existieren heißt: sich auf etwas hin entwerfen, das über das hinausweist, was ich zur Zeit darstelle« (I.Riedel). Die Drei als Synthese der Eins und der Zwei ist auch ein »Sinnbild der Vermittlung«. Alles dies paßt auf den älteren Bruder, der – wie wir am Ende dieses Kapitels sehen werden – jenseits der Welt bleibt und der sich, als sein Bruder in der Welt untergeht, aufmacht, um ihn zu retten.

Der jüngere Bruder »zielt« auf die Zwei. Die Zwei deutet auf die Zwiespältigkeit und Dualität der Welt hin und paßt insofern zu dem jüngeren Bruder, als er in diese zwiespältige Welt hineingeht und in ihr zugrunde geht.

Nach gelungenem Probeschuß werden die zwei Brüder vom Jäger freigesprochen und zu ausgelernten Jägern erklärt. Die Freisprechung, der Abschied von ihrem Ziehvater und Lehrmeister sowie der Auszug in die Welt entsprechen dem dritten Stadium der Reifezeremonien: der Rückkehr in die Welt, der Wiedergeburt zu einem neuen Dasein. Der Pflegevater gewährt den zwei Brüdern die Bitte mit Freuden, denn ihr Begehren deckt sich mit seinem eigenen Wunsch. Und das kann man, weiß Gott, nicht von jedem Vater und Lehrmeister sagen!

Schon bald, nachdem die zwei Brüder in die Welt hinausgezogen sind, haben sie Gelegenheit, sich zu bewähren. Als sie nach zwei Tagen Hunger leiden, wollen sie einen alten Hasen schießen, der ihnen über den Weg läuft. Der aber spricht zu ihnen, sie möchten ihn am Leben lassen, er würde ihnen zum Dank dafür auch zwei seiner Jungen geben, die ihnen – so heißt es in einer Variante des Märchens – »nützlich sein und in jeder Gefahr Hilfe leisten« könnten. Die Jäger gehen trotz ihres Hungers auf dies Angebot ein. Das gleiche Erlebnis haben sie bald darauf nacheinander mit einem Fuchs, einem Bären, einem Wolf und einem Löwen.

Wir haben es hier mit dem Motiv der »hilfreichen Tiere« zu tun, das häufig im Märchen vorkommt. Bei aller Unterschiedlichkeit im einzelnen gilt dabei ausnahmslos die Regel: Wer sich den Dank und die Hilfe der Tiere erwirbt, »gewinnt« am Ende. Von der Haltung ihnen gegenüber, ob sie getötet oder geschont werden, hängt das Schicksal des Helden ab; denn ohne ihre Hilfe kann er die »unlösbare Aufgabe« nicht bewältigen. In der schwedischen Fassung unseres Märchens müssen die Brüder ausdrücklich versprechen, daß sie sich nie von den Tieren trennen werden.

Versteht man mit der Tiefenpsychologie die Figuren des Märchens als Symbole für innerseelische Kräfte der Helden, so sind die Tiere – wie schon ausgeführt wurde – Symbole für animalische Triebkräfte und Instinkte, gleichsam Anteile der tierischen Ahnen in uns. In unserem Märchen sind es wilde Tiere, also ungezähmte, ungebändigte Triebkräfte, die noch zwanghaften Triebcharakter besitzen und noch nicht beherrscht werden. Die Reihenfolge, in der die Tiere den Brüdern begegnen, vom Hasen über den Fuchs zu den gefährlichen Raubtieren Wolf, Bär und Löwe, von denen der letzte der König der Tiere ist, deuten auf eine Auseinandersetzung mit immer stärkeren und gefährlicheren Trieben hin. Sie lassen sich inhaltlich noch näher bestimmen. Der Hase ist Symbol animalischer Fruchtbarkeit, der Fuchs Symbol instinktiver Schläue und List, der Wolf Symbol gieriger Gefräßigkeit, der Bär Symbol der Stärke und Wut, der Löwe Symbol uneingeschränkter Macht und der verschlingenden Macht des Bösen.

Die Tiere sprechen die zwei Brüder an, sie erheben den »Anspruch«, nicht getötet zu werden, sondern am Leben zu bleiben, weil sie sich ihnen als hilfreich erweisen können. Wer seine Triebansprüche nicht angstvoll unterdrückt und sie nicht in seiner Angst abtötet, wer sie zuläßt und auf sie eingeht – für den verlieren sie ihre Bedrohlichkeit, dem werden sie dienstbar und förderlich. Die bewußtgewordenen und in die Gesamtpersönlichkeit einbezogenen gezähmten Triebkräfte stellen einen Zuwachs an seelischer Energie dar, die der Mensch braucht, um seine Lebensaufgaben zu bewältigen. Insofern hängt sein Lebensschicksal von der Gewinnung und Verwandlung der unbewußten seelischen Triebkräfte ab. Sie müssen so fest in die seelische Ganzheit integriert werden, daß sie sich nicht mehr abspalten.

Ich denke dabei an das, was Konrad Lorenz über den Aggressionstrieb herausgestellt hat, den wir oft als böse und teuflisch empfinden. Aber dieses »sogenannte Böse« erweist sich »ganz eindeutig als Teil der system- und lebenserhaltenden Organisation aller Wesen, der zwar, wie alles Irdische, in Fehlfunktionen verfallen und Leben vernichten kann, der aber doch vom großen Geschehen des organischen Werdens zum Guten bestimmt ist«. Darum darf der Aggressionstrieb nicht unterdrückt und abgetötet werden, sondern der Umgang mit ihm muß erlernt werden, er muß beherrscht werden, so daß er nicht zerstörerisch wirkt, sondern der Erhaltung des Lebens dient – was natürlich nicht ausschließt, daß er da, wo er in Fehlfunktionen verfällt, begrenzt und, wenn nötig, bekämpft werden muß.

Die zwei Brüder ziehen mit ihren Tieren eine Zeitlang umher. Da sie aber gemeinsam keinen Dienst finden können, beschließen sie, sich zu trennen und die Tiere unter sich aufzuteilen. Dies ist der Zeitpunkt, zu dem die Gegensätze in der Ureinheit und Ganzheit auseinandertreten und offenbar werden. Es ist der Beginn des individuellen Weges, wir könnten auch sagen: des Individuationsweges, der durch die leidvolle Entzweiung am Ende wieder zur Ganzheit führt.

Beim Abschied versprechen sich beide »brüderliche Liebe bis in den Tod«. Diese Szene hat einen Realitätsbezug, der für den Menschen früherer Zeiten noch unmittelbar deutlich war. Wahrscheinlich ist das Brüdermärchen das epische Abbild eines uralten Rituals, nämlich des Bruderopfers (H. Gehrts). Dieses Ritual, das Teil der Jünglingsweihen war, wurde zum Beispiel im germanischen Schwurbrüderbund vollzogen, der Männer zu Kult- und Blutsbrüdern machte und sie über den Tod hinaus miteinander verband: Zwei Männer stiegen in eine von einem Rasenstreifen bedeckte Grube hinab (Sterben), ritzten sich die Hand, mischten ihr Blut in der Erde der Grube und vereinten damit ihrer beider Leben, so daß sie fortan nur noch ein Leben und einen Tod hatten. Dabei verschworen sie sich durch einen Eid zur Bruderschaft und zur Blutrache: Derjenige, der den anderen überlebte, mußte seinen Bruder rächen. (Im schwedischen Brüdermärchen, in dem die beiden Helden nicht Brüder von Geburt sind, ist ausdrücklich von dem »Versprechen, den Pflegebruder zu rächen« die Rede.) Danach gehen sie aus der Kultgrube als leibliche Zwillingsbrüder hervor, gleichsam aus dem Mutterschoß der Erde, dem Wurzelgrund alles Lebendigen, wiedergeboren.

Dieser germanische Schwurbrüderbund, der hinter der germanischen Schwurbrüdersage steht, war für das Frankenreich seit der Merowingerzeit eine prägende Kraft, die im profanen Bereich Formen des inneren sozialen und politischen Lebens und im kirchlichen Bereich die Bildung von Gebetsverbrüderungen beeinflußte. Es ging dabei um die unbedingte Verpflichtung zu brüderlicher Hilfeleistung, bis zum Einsatz des eigenen Lebens für den anderen (H. Gehrts).

Zuweilen kam es zwischen den Blutsbrüdern zum Austausch eines magischen Lebens- beziehungsweise Todes- oder Todesnotzeichens, zum Beispiel einer Münze, von der jeder eine Hälfte bekam. Die beiden Hälften paßten genau ineinander, und wenn ein Bruder dem andern sein Stück zusandte, so wußte dieser, daß der andere in Not geraten war. Es konnten auch zwei Becher sein, über die eine magische Verbindung zwischen den Blutsbrüdern hergestellt wurde. Die intensive Betrachtung des Gegenstandes stellte auf telepathischem Wege einen Kontakt zwischen ihnen her, eine seelische Verschmelzung fand statt, die bis ins Bewußtsein durchdrang, so daß der eine den

Notruf des anderen vernehmen und spontan aktiv werden konnte.

Systematisch gesammelte Beobachtungen an leiblichen Zwillingen haben bestätigt, daß es zwischen ihnen »Ahnungen« gibt, die der eine von Widerfahrnissen des anderen hat. Jeder Seelsorger kennt aus seiner Praxis Beispiele solcher telepathischen Verbindungen, am häufigsten zwischen Mutter und Kind, aber auch zwischen zwei seelisch eng miteinander verbundenen Menschen, oft über große räumliche Entfernungen hinweg. Der eine sieht im Tag- oder Nachttraum den anderen in Not oder hört seinen Notschrei.

In unserem Märchen ist das Todesnotzeichen ein blankes Messer, das der Pflegevater den Brüdern zum Abschied geschenkt hat. Möglicherweise ist das ein Anklang an das Messer, mit dem die Adern geritzt wurden, um Blutsbrüderschaft miteinander zu schließen. Jedenfalls ist es sowohl ein Zeichen ihrer Scheidung als auch ein Zeichen ihrer Schicksalsverbundenheit. Sie stoßen es am Scheideweg in einen Baum, der Worte des Alten eingedenk: »Daran kann einer, wenn er zurückkommt, sehen, wie es seinem abwesenden Bruder ergangen ist, denn die Seite, nach welcher dieser ausgezogen ist, rostet, wann er stirbt: solange er aber lebt, bleibt sie blank.«

Der Scheideweg, an dem sich die Brüder trennen, markiert eine schicksalhafte Ent-Scheidung. Dies wird in vielen Märchen durch eine Inschrift verdeutlicht. Zum Beispiel lautet sie in einer iranischen Variante des Brüdermärchens: »Menschenkinder, wisset, daß, wenn zwei Menschen gemeinsam von hier aus weiter wandern, so werden sie beide umkommen. Darum sollten sie jeder nach seiner Seite gehen. Der, welcher den Weg zur Linken einschlägt, wird nach vielen Widerwärtigkeiten mit seiner Geliebten vereint werden, und der, welcher den Weg zur Rechten wählt, wird die Würden eines Königs erhalten.«

War in unserem Märchen bis dahin von den beiden Brüdern die Rede, als wären sie eins, so werden von nun an beide unterschieden. Erst jetzt wird von dem älteren und von dem jüngeren Bruder gesprochen. Der jüngere geht nach Westen, der ältere nach Osten. Das ist symbolisch zu verstehen: Der Westen ist die Richtung, in der die Sonne untergeht. Wer dorthin geht, geht in die Dunkelwelt. Sein Leben ist trotz anfänglicher Erfolge ein leidvoller Untergangsprozeß, eine Nachtmeerfahrt, die durch den Tod hindurch zu neuem Leben führt. Der Osten ist die Richtung des Sonnenaufgangs. Wer dorthin geht, bleibt jenseits der Welt. Wir erfahren nicht, wohin er geht und was er tut; erst gegen Ende des Märchens hören wir wieder von ihm.

Die ganze Bedeutungstiefe dieser Szene hat sich mir erst durch die Kenntnis ihrer vielen Varianten erschlossen. In einigen Varianten wird der eine Bruder als »hell«, der andere als »dunkel« charakterisiert. Hell bedeutet: näher am Bewußtsein, und der Heldenbruder verkörpert ja das sich entwickelnde Bewußtsein. Entsprechend bedeutet dunkel: näher am Unbewußten. Demnach symbolisieren die beiden Brüder den bewußten und den unbewußten Teil der menschlichen Persönlichkeit.

In anderen Varianten unseres Märchens werden die verschiedenen Wege der Brüder auf ihre unterschiedliche Herkunft zurückgeführt. Im schwedischen Brüdermärchen zum Beispiel ist es der Sohn der Königstochter (Silberweiß), der in die Welt hinauszieht, und der Sohn der Magd (Lillwacker = kleiner Wächter) bleibt zurück und wacht »jeden Morgen« über dem magischen Zeichen. Immer ist es der bisher Unbeachtete, Unansehnliche, Zurückgebliebene, der den Heldenbruder am Ende vom Tode errettet.

Daß beide Brüder fortziehen, ist durch den Anfang des Märchens bedingt, da sie beide wegen des Genusses von Herz und Leber des Goldvogels ausgesetzt wurden. Der häufigere und wohl ursprüngliche Märchenanfang (magische Geburt der Zwillinge) erzählt dagegen, daß nur ein Bruder in die Welt hinauszieht, während der andere zu Hause beim Vater bleibt. Eine Fassung, die beide Varianten miteinander verbindet, berichtet, daß der ältere Bruder nach den Lehrjahren wieder nach Hause zurückkehrt, während der jüngere in die Welt hinauszieht.

Tag für Tag sieht der zu Hause Gebliebene nach dem Todesnotzeichen: dem Messer, das rostet, der Quelle, die sich trübt, der Blume, die verblüht, dem Baum, der verdorrt, dem Tuch, das sich blutig färbt, dem Ring, der zerbricht. In den Märchen und Sagen, in den Volksliedern und im Brauchtum kommen solche magischen Zeichen häufig in den verschiedensten Abwandlungen vor.

Die zwei Brüder verkörpern zwei entgegengesetzte Tendenzen im Menschen, nämlich die Tendenz, in der Ureinheit zu verharren, und die Ten-

43

denz, sich von der Ureinheit zu entfernen, um sich im Konkreten zu verwirklichen. Demnach symbolisiert der (von der Ureinheit gesehen) ältere Bruder das ewige Urbild, das Wesen, die Essenz und der jüngere Bruder das konkrete Erscheinungsbild, das individuelle Dasein, die Existenz.

Wichtig für das Verständnis der Trennung der zwei Brüder ist mir folgendes: Nach Auffassung der Naturvölker hat jeder Mensch einen älteren Bruder, der im Jenseits, im Urbildlichen, verbleibt, so wie jede irdische Erscheinung ihr Urbild in der jenseitigen Welt hat. Der Zusammenhang mit ihm muß unter allen Umständen gewahrt bleiben, denn beide zusammen bilden die Ureinheit und Urganzheit. Der eine bedarf des andern zum wahren Leben.

Die Christen kennen eine ähnliche Vorstellung: Jesus spricht einmal davon, daß die Kinder – und wohl nicht nur die Kinder, sondern alle Menschen – einen Engel im Himmel haben, der allezeit das Angesicht Gottes schaut. Durch die Engel, die ihnen zugehören, stehen die Menschen in einer geheimnisvollen Verbindung zu Gott, und das gibt ihnen ihre besondere Würde. Ich bin in meinem Leben des öfteren Menschen begegnet, die ein ganz persönliches Verhältnis zu *ihrem* Engel haben und sorgsam darauf achten, daß sie ihn durch ihr Verhalten nicht betrüben oder gar vertreiben.

Wir begleiten nun den jüngeren Bruder auf seinem Weg in die Welt.

Drachenkampf

Der jüngste aber kam mit seinen Tieren in eine
Stadt, die war ganz mit schwarzem Flor überzogen. Er ging in ein Wirtshaus und fragte den
Wirt, ob er nicht seine Tiere herbergen könnte.
Der Wirt gab ihnen einen Stall, wo in der Wand
ein Loch war: da kroch der Hase hinaus und holte
sich ein Kohlhaupt, und der Fuchs holte sich ein
Huhn und, als er das gefressen hatte, auch den
Hahn dazu; der Wolf aber, der Bär und der Löwe,
weil sie zu groß waren, konnten nicht hinaus. Da
ließ sie der Wirt hinbringen, wo eben eine Kuh auf
dem Rasen lag, daß sie sich satt fraßen. Und als
der Jäger für seine Tiere gesorgt hatte, fragte er
erst den Wirt, warum die Stadt so mit Trauerflor
ausgehängt wäre? Sprach der Wirt: »Weil morgen
unseres Königs einzige Tochter sterben wird.«
Fragte der Jäger: »Ist sie sterbenskrank?« – »Nein«,
antwortete der Wirt, »sie ist frisch und gesund,
aber sie muß doch sterben.« – »Wie geht das zu?«
fragte der Jäger. »Draußen vor der Stadt ist ein
hoher Berg, darauf wohnt ein Drache, der muß
alle Jahre eine reine Jungfrau haben, sonst ver-
wüstet er das ganze Land. Nun sind schon alle
Jungfrauen hingegeben, und ist niemand mehr
übrig als die Königstochter; dennoch ist keine

Gnade, sie muß ihm überliefert werden; und das soll morgen geschehen.« Sprach der Jäger: »Warum wird der Drache nicht getötet?« – »Ach«, antwortete der Wirt, »so viele Ritter haben's versucht, aber allesamt ihr Leben eingebüßt; der König hat dem, der den Drachen besiegt, seine Tochter zur Frau versprochen, und er soll auch nach seinem Tode das Reich erben.«

Der Jäger sagte dazu weiter nichts, aber am anderen Morgen nahm er seine Tiere und stieg mit ihnen auf den Drachenberg. Da stand oben eine kleine Kirche, und auf dem Altar standen drei gefüllte Becher, und dabei war die Schrift: »Wer die Becher austrinkt, wird der stärkste Mann auf Erden und wird das Schwert führen, das vor der Türschwelle vergraben liegt.« Der Jäger trank da nicht, ging hinaus und suchte das Schwert in der Erde, vermochte aber nicht es von der Stelle zu bewegen. Da ging er hin und trank die Becher aus und war nun stark genug, das Schwert aufzunehmen, und seine Hand konnte es ganz leicht führen. Als die Stunde kam, wo die Jungfrau dem Drachen sollte ausgeliefert werden, begleitete sie der König, der Marschall und die Hofleute hinaus. Sie sah von weitem den Jäger oben auf dem Drachenberg und meinte, der Drache stände da und erwartete sie, und wollte nicht hinaufgehen, endlich aber, weil die ganze Stadt sonst wäre verloren gewesen, mußte sie den schweren Gang tun. Der König und die Hofleute kehrten voll großer Trauer heim, des Königs Marschall aber sollte stehenbleiben und aus der Ferne alles mitansehen.

Als die Königstochter oben auf den Berg kam, stand da nicht der Drache, sondern der junge Jäger, der sprach ihr Trost ein und sagte, er wollte sie retten, führte sie in die Kirche und verschloß sie darin. Gar nicht lange, so kam mit großem Gebraus der siebenköpfige Drache dahergefahren. Als er den Jäger erblickte, verwunderte er sich und sprach: »Was hast du hier auf dem Berge zu schaffen?« Der Jäger antwortete: »Ich will mit dir kämpfen.« Sprach der Drache: »So mancher Rittersmann hat hier sein Leben gelassen, mit dir will ich auch fertig werden«, und atmete Feuer aus sieben Rachen. Das Feuer sollte das trockene Gras anzünden, und der Jäger sollte in der Glut und dem Dampf ersticken, aber die Tiere kamen herbeigelaufen und traten das Feuer aus. Da fuhr der Drache gegen den Jäger, aber er schwang sein Schwert, daß es in der Luft sang, und schlug ihm drei Köpfe ab. Da ward der Drache erst recht wütend, erhob sich in die Luft, spie die Feuerflammen über den Jäger aus und wollte sich auf ihn stürzen, aber der Jäger zückte nochmals sein Schwert und hieb ihm wieder drei Köpfe ab. Das Untier ward matt und sank nieder und wollte doch wieder auf den Jäger los, aber er schlug ihm mit der letzten Kraft den Schweif ab, und weil er nicht mehr kämpfen konnte, rief er seine Tiere herbei, die zerrissen es in Stücke. Als der Kampf zu Ende war, schloß der Jäger die Kirche auf und fand die Königstochter auf der Erde liegen, weil ihr die Sinne vor Angst und Schrecken während des Streites vergangen waren. Er trug sie heraus, und als

sie wieder zu sich selbst kam und die Augen auf-
schlug, zeigte er ihr den zerrissenen Drachen und
sagte ihr, daß sie nun erlöst wäre. Sie freute sich
und sprach: »Nun wirst du mein liebster Gemahl
werden, denn mein Vater hat mich demjenigen
versprochen, der den Drachen tötet.« Darauf hing
sie ihr Halsband von Korallen ab und verteilte es
unter die Tiere, um sie zu belohnen, und der Löwe
erhielt das goldene Schlößchen davon. Ihr Taschen-
tuch aber, in dem ihr Name stand, schenkte sie
dem Jäger, der ging hin und schnitt aus den sieben
Drachenköpfen die Zungen aus, wickelte sie in das
Tuch und verwahrte sie wohl.

D as könnten wir geträumt haben: Wir kommen in
eine wie ausgestorben daliegende Stadt. Die
leeren Straßen und Plätze wirken gespenstisch wie auf
einem Gemälde de Chiricos. Alles ist schwarz verhan-
gen. Wie alle Farben ins Schwarz hinein sterben, so
ist alle Lebensfreude in tiefer Traurigkeit und
Schwermut erstorben. Lähmende Todesangst hat sich
wie ein schwarzes Bahrtuch über die Stadt gebreitet.
Der Pulsschlag des Lebens steht still, die Stadt ist von
Totenstarre erfaßt.

Die schwarz verhangene Stadt ist das Spiegelbild
eines innerseelischen Zustandes. Er ist gekennzeichnet durch Trauer, Schwermut und Depression. Die
seelische Entwicklung ist zum Stillstand gekommen,
das innere Wachstum stagniert, die Lebenskräfte sind
versiegt, kurz: das Seelenleben ist vertrocknet, aus-
gedörrt wie das Land unter brütender Sommerhitze.

Von Angst und Resignation gelähmt, schaut der Mensch, bewegungslos verharrend, dem drohenden Unheil entgegen, wie das Kaninchen unter dem Blick der zum tödlichen Stoß aufgerichteten Schlange. – Worin hat dieser Zustand seine Ursache?

Der Jäger geht ins Wirtshaus und fragt den Wirt, ob er auch seine Tiere beherbergen und versorgen könne. Er übergeht also keineswegs seine triebhaft-körperlichen Bedürfnisse. Erst als er sie befriedigt hat (wobei die zahmen »Tiere« den wilden geopfert werden), erwacht in ihm die Neugier auf seelischem Gebiet, und er erkundigt sich, warum die Stadt in Trauer gehüllt sei.

Das Wirtshaus, das in vielen Märchen am Anfang des Heldenweges eine wichtige Rolle spielt, ist der Inbegriff des pulsierenden allgemein-menschlichen Lebens. Es ist ein Ort der Gefahr, wo der Held im genüßlichen Leben »versacken« und das Ziel seiner Reise aus den Augen verlieren kann – wie die beiden älteren Brüder des Helden im Märchen »Der goldene Vogel«. Es ist aber auch der Ort, der dem Helden die Chance bietet, weiterzukommen – wie der Held in unserem Märchen, der hier zum erstenmal von der Königstochter hört.

Der Wirt erzählt ihm von dem Drachen, der die Stadt beherrscht, und von der einzigen Tochter des Königs, die am nächsten Morgen als letzte von allen Jungfrauen der Stadt dem Untier geopfert werden soll. Andernfalls würde es das ganze Land verwüsten. Wahrlich ein Grund zur Trauer, denn mit der letzten Jungfrau opfert die Stadt ihr jugendfrisches, hoffnungsvolles Leben.

So phantastisch sich diese Vorstellung von einem unersättlichen Drachen, dem in regelmäßigen Abständen eine reine Jungfrau geopfert wird, ausnimmt – sie hat einen realen Hintergrund. Aus den Überlieferungen verschiedener Völker wissen wir, daß es einmal Brauch war, Menschenopfer, insbesondere das Leben junger Mädchen, darzubringen. Zum Beispiel, wenn ein Land von einer übermächtigen Gefahr bedroht wurde: von einer Überschwemmung oder einer Dürre, von einer Seuche oder einem Feind. (In China wurde die jährliche Opferung eines Mädchens an einen Flußdrachen erst im fünften nachchristlichen Jahrhundert abgeschafft.) Das Opfer wurde dem Gott oder dem Dämon dargebracht, dem man das Unglück zuschrieb; und zwar in der Weise, daß ihm die zu diesem Zweck ausgeloste Jungfrau als geschmückte Braut zur Hochzeit zugeführt wurde. Der Mensch wollte durch dieses Opfer die Unheilsmacht besänftigen und gnädig stimmen. Hinter dieser Handlungsweise steht die Vorstellung, daß das drohende Todesschicksal nur durch die Opferung kostbaren Lebens abgewendet werden könne.

Als der Wirt seine Erzählung beendet hat, fragt der Jäger in zwingender Logik: Warum wird der Drache denn nicht getötet? Er erhält zur Antwort: Viele haben es versucht, doch alle haben ihr Leben dabei eingebüßt. Damit wird die Besiegung des Drachen als eine »unlösbare Aufgabe« gekennzeichnet, die nur unter Einsatz des Lebens und zum rechten Zeitpunkt gelöst werden kann.

Der Jäger sagt kein Wort dazu, doch am nächsten Morgen zieht er mit seinen Tieren auf den Drachenberg hinauf. Denn bevor ein Mensch die »unerreichbare Kostbarkeit« gewinnt, muß der Drache getötet werden, der sie in seiner Gewalt hat. Ohne Kampf erringt niemand den Siegespreis.

Ist der Jäger für diesen Kampf gerüstet? Er hat wohl die hilfreichen Tiere, aber er hat keine Waffe, mit der er den Kampf führen kann. – Auf dem Berg, Symbol eines durch Anstrengung erreichten höheren Zustandes, in unmittelbarer Nähe des gefährlichen Drachen, befindet sich eine Kirche. »Wo aber Gefahr ist, wächst das Rettende auch« (Hölderlin). Auf dem Altar in der Kirche stehen drei gefüllte Becher, dabei eine Inschrift, die dem, der die Becher austrinkt, die Kraft zum Heben und Führen des Zauberschwertes verheißt, das vor der Türschwelle vergraben liegt. Dennoch trinkt der Jäger nicht von den Bechern, weil er meint, dessen nicht zu bedürfen, um das Schwert heben und führen zu können. Erst als er es versucht und feststellt, daß er es nicht vermag, leert er die Becher auf dem Altar.

In dieser Szene drückt sich eine Grunderfahrung aus, die jeder Mensch früher oder später in seinem Leben macht: Erst wenn wir die Grenzen unserer eigenen Kraft erfahren haben, erst wenn wir erkennen, daß wir aus uns selbst nichts bewegen, sind wir bereit, Kraft aus der Höhe zu erbitten und Hilfe anzunehmen, die uns befähigt, das große Werk zu tun. Das Schwert symbolisiert die scharfe unterscheidende und ent-scheidende Kraft des Geistes in der aktiven Auseinandersetzung (Kampf) mit dem Bösen.

Wir können diese Szene – zumal sie in einer

Kirche spielt – auch vom christlichen Glauben her deuten, und zwar als Vorbereitung auf den »Kampf, der uns (Christen) verordnet ist«. Es handelt sich dabei um einen Kampf nicht gegen Menschen aus Fleisch und Blut, sondern gegen die Drachenmacht des Bösen. Weltliche Waffen sind diesem Kampf nicht angemessen, sondern allein geistliche Waffen: »Vor allem aber ergreifet den Schild des Glaubens, mit dem ihr auslöschen könnt alle feurigen Pfeile des Bösen, und nehmet den Helm des Heils und das Schwert des Geistes, welches ist das Wort Gottes.« Das Schwert symbolisiert hier also nicht den menschlichen Geist, sondern den Geist Gottes. Dieser wirkt in dem Wort Gottes, von dem es heißt: »Schärfer als jedes zweischneidige Schwert dringt es durch und scheidet Seele und Geist, Mark und Bein – ein Richter der Regungen und Gedanken des Herzens.« Dieses Schwert vermag nur der zu führen, der der Gnade Gottes teilhaftig geworden ist.

Die Becher auf dem Altar in der Kirche erinnern unmittelbar an das heilige Abendmahl. Dadurch wird deutlich, was das für eine Kraft ist, die den, der daran teilnimmt, stark macht: »Trinkt alle daraus! Denn das ist mein Blut, durch das der Gottesbund bekräftigt wird, für viele vergossen zur Vergebung der Sünden.« Es geht um das Eins-Werden mit Christus, in dem uns Gott selbst begegnet, um die Rechtfertigung aus Gnade allein und um die Teilhabe an der Kraft seines Todes und seiner Auferstehung. Denn erst muß ein Mensch Gott recht, das heißt gerecht sein, ehe er das Rechte tun kann. Nicht aus eigener Kraft, sondern allein aus der Kraft des Geistes Gottes, die in den Schwachen mächtig ist, und durch die »Waffen der Gerechtigkeit«, die Gott darreicht.

Nun erst ist der Jäger für den Kampf gegen den Drachen gerüstet: Er hat sich verbündet mit den hilfreichen Tieren, den unteren Kräften der Natur, und mit den oberen Kräften des Himmels, die ihm durch den Trank aus dem Becher zuteil geworden sind.

Ich denke dabei an das Segenswort, das der sterbende Erzvater Jakob über seinen Sohn Josef sprach: »Von dem Allmächtigen seist du gesegnet mit Segen oben vom Himmel herab, mit Segen von der Tiefe, die drunten liegt.«

Diesem Segenswort liegt eine sehr alte Form eines Fruchtbarkeitssegens zugrunde. Mit dem »Segen oben vom Himmel herab« ist die Segnung mit göttlichen Kräften gemeint, mit dem »Segen von der Tiefe, die drunten liegt« die Segnung mit irdischen, ja inferioren Kräften, denn »Tiefe« (= Tehom) ist die Urflut, das kosmisch Abgründige, das Chaoswasser, über dem im Anfang der Schöpfergeist Gottes schwebte.

Die Wendung »Segen von oben und von unten« wird in der Bibel durch eine parallele Wendung ergänzt: »mit Segen von Brüsten und vom Mutterschoß« oder anders übersetzt: »mit Segen quellend aus Himmelsbrüsten und Erdenschoß«. (Auf ägyptischen Darstellungen beugt sich die Himmelsgöttin Nut über die Erdscheibe, und aus ihren Brüsten fließt der Himmelsozean als Regen auf die Erde herab.) Wie keine Pflanze und kein Baum wachsen und gedeihen können allein aus der Kraft der Erde, in der sie wurzeln, sondern dazu des Regens und Taus vom Himmel bedürfen, so kann der Mensch nur wachsen und gedeihen aus der Kraft der Erde *und* des Himmels.

Dieses Segenswort Jakobs war für Thomas Mann der »produktive Punkt« der Josefs-Geschichte, bei dessen Berührung, wie er sagt, ihm regelmäßig das Herz aufging und der ihn zu seiner Roman-Trilogie »Joseph und seine Brüder« anregte. Dabei verstand er unter dem »Segen oben vom Himmel herab« den Geist und unter dem »Segen von der Tiefe, die drunten liegt« das Unbewußte, das Es, wie Freud es nannte, das vor allem die aus der Körperorganisation stammenden Triebe enthält, das Archetypische, wie C. G. Jung es nannte, aus dem die Mythen und Märchen entstehen. Die Verbindung von Geist und Natur, Moral und Leben, Psychologie und Mythologie war für Thomas Mann nicht nur ein »für den geistigen Augenblick hochcharakteristisches Ereignis«, sondern sie repräsentierte ihm die Welt der Zukunft, ein Menschentum, das gesegnet ist vom Geist herab und aus der Tiefe, die unten liegt. Insbesondere zur unbewußten Natur wird der künftige Humanismus, davon war er überzeugt, in einem »freieren und heitereren, einem kunstreiferen Verhältnis stehen, als es einem in neurotischer Angst und zugehörigem Haß sich mühenden Menschentum von heute vergönnt ist« (Th. Mann, Freud und die Zukunft).

Als die Stunde kommt, in der die Königstochter dem Drachen ausgeliefert werden soll, tritt sie in Begleitung ihres Vaters und der Hofleute ihren schweren Gang an und steigt dann allein – zögernd, doch entschlossen – den Berg hinauf, auf dem sie ihr Schicksal erwartet.

Deutet man diese Szene aus der Sicht der Königstochter, also unter weiblichem Aspekt, so ist sie Ausdruck des inneren Erlebens einer unberührten Frau, die in übertriebener Angst ihre bevorstehende Hochzeit als Auslieferung an einen verabscheuungswürdigen Drachen versteht. Sie fürchtet die »tierische« Seite des künftigen Gatten und den Vollzug der Ehe mit ihm als ein Überwältigtwerden von einem abstoßenden Untier, das sie zugrunde richtet (O. Rank).

Diese Deutung geht davon aus, daß es sich bei der Auslieferung der Jungfrau an den Drachen eigentlich um eine Hochzeit handelt, wie im Zusammenhang mit dem Menschenopfer bereits ausgeführt wurde. Sie hat einen Anhalt im Märchen selbst, wo es heißt, daß die Prinzessin, als sie »von weitem den Jäger oben auf dem Drachenberg sah, meinte, der Drache stände da und erwarte sie«. Daß sie dann aber statt des Drachen den Jäger erblickt, der ihr Mut zuspricht und sagt, er wolle sie retten, besagt, daß sie in dem dämonischen Männlichen den positiven Aspekt erkennt.

Wir können auch – Symbole sind vieldeutig – den Drachen als Bild des Vaters verstehen, der seine Tochter beherrscht, sie nicht freigeben will und so ihr Leben zum Opfer verlangt. Durch solches Verhalten nimmt sein Bild in den Augen der Tochter dämonische, das heißt zwanghafte und zerstörerische Züge an. Dem negativen, dämonisch-überhöhten Vater einer Tochter begegnen wir in den Märchen häufig. Wenn wir den Drachen als dämonischen Vater deuten, geht es bei der Begegnung der Königstochter mit dem Drachentöter um die Herauslösung und Integration des positiven Aspektes aus dem »Großen Männlichen«.

Nachdem der Jäger, so erzählt das Märchen weiter, die Königstocher in die Kirche geführt und darin verschlossen, das heißt, sie dem Schutz Gottes befohlen hat, stellt er sich dem Drachen zum Kampf. Aus der Sicht des Helden, also unter dem Gesichtspunkt der männlichen Psychologie, ergibt sich folgende Deutung: Der Drache ist das Bild der Furchtbaren Mutter, der verschlingenden (regressiven) Tendenz des Unbewußten, die der Bewußtwerdung und dem inneren Fortschreiten entgegenwirkt. Der Held muß darum den negativen Aspekt des Weiblich-Unbewußten überwinden und den positiven Aspekt aus seiner Umklammerung befreien. In der Sprache der Jungschen Psychologie: Er muß das positive Bild der Weiblichkeit aus dem der Furchtbaren Mutter, er muß die Anima aus dem Mutter-Archetyp herauslösen. Dadurch verändert sich einerseits die Beziehung des Ich zum Unbewußten als dem schöpferischen Urgrund und andererseits die Beziehung des Mannes zum Weiblichen: Das transpersonale Weibliche nimmt personale Züge, nimmt die Gestalt einer menschlichen Partnerin an, mit dem das Männliche sich verbinden kann. Der Mann sieht in dem erlösten Weiblichen die notwendige Ergänzung zur Ganzheit.

In unserem Märchen haust der Drache aber nicht

– wie sonst meistens – in einem Gewässer und zieht seine Opfer in die Tiefe hinab (Symbol der verschlingenden Macht des Unbewußten), sondern er wohnt auf einem »hohen Berg«, von dem aus er über das Land (der Seele) herrscht und sich auf seine Opfer herabstürzt. Darum liegt es nahe, den Drachen als das »herrschende Bewußtsein« zu deuten, das die Menschen unfrei macht und dem das lebendige Leben geopfert wird. Freud nannte es das Über-Ich, die Zusammenfassung der durch die Eltern und andere Autoritäten ausgeübten Einflüsse von Familien-, Rassen- und Volkstradition sowie der von ihnen vertretenen Anforderungen des sozialen Milieus. Jung sah das herrschende Bewußtsein in der archetypischen Gestalt des (Geist-)Vaters verkörpert. Wie die archetypische Mutter das Unbewußte repräsentiert, so der archetypische Vater die jeweils herrschende Kultur. Die Furchtbare Mutter symbolisiert den negativen Aspekt des Unbewußten, seine verschlingende, dämonische Seite. Der Furchtbare Vater symbolisiert den negativen Aspekt des Geistes: das alte Herrschaftssystem, das alte Gesetz, die alte Moral, die alten Kulturwerte, kurz: die Macht, die den Menschen im Status quo festhält und Neues und Zukünftiges verhindert. Darum muß der Held, der das sich entwickelnde Ich verkörpert, sowohl die Mutter als auch den Vater überwinden. Der in diesem Sinne verstandene Drachenkampf ist ein notwendiges Stadium auf dem Heldenwege, der den vorbildlichen Weg der Ich-Entwicklung jedes Menschen darstellt (E. Neumann).

Der Drache, der das »ganze Land« beherrscht,

kann auch auf eine immer wieder vorkommende kollektive menschliche Situation gedeutet werden. Wir brauchen in unserer Geschichte ja gar nicht so weit zurückzugehen, um ein Beispiel dafür zu finden. Unser Volk wurde durch den »Führer« von oben herab beherrscht und das ganze Leben durch die nationalsozialistische Weltanschauung genormt. Tausende von jungen Menschen wurden der neuen Idee geopfert. Die wenigen, die Widerstand leisteten und den Drachen zu töten versuchten – sie haben allesamt ihr Leben eingebüßt.

Daß ein Land von einem Drachen beherrscht wird, muß – das war die Erfahrung meiner Generation – nicht unbedingt heißen, daß die Menschen unter seiner Gewalt zittern und leiden. In Unkenntnis seines wahren Wesens ordnen sie sich ihm freiwillig unter und sind bemüht, seine Anerkennung zu gewinnen. Ja, sie sind sogar freudig bereit, ihm mit der Hingabe ihres Lebens zu dienen.

Was unter Hitler in Deutschland und unter Stalin in Rußland geschah, hat der russische Schriftsteller Jewgenij Schwarz (†1958) in seiner gegen Ende des Zweiten Weltkrieges geschriebenen Märchenkomödie »Der Drache« ins zeitlos Gültige erhoben. Das vom Drachen beherrschte Land ist zum Symbol jedweder Diktatur, Unterdrückung und Gewalt geworden. Es wird geschildert, wie sich das Volk schnell an die Herrschaft des Drachen gewöhnt. Es nennt ihn »guter, alter Drache« und zahlt ihm willig den geforderten Tribut. Die Menschen merken gar nicht, daß der Drache ihre Seelen verstümmelt, ihr Blut vergiftet und ihren Gesichtssinn trübt. Als Lanzelot, ein

Nachkomme des berühmten fahrenden Ritters und ein entfernter Verwandter des Heiligen Georg, auftaucht, um den Drachen zum Kampf herauszufordern, kommen die Besten der Stadt und flehen ihn an, von seinem Vorhaben abzustehen und außer Landes zu gehen: »Wenn Sie ein humaner und kultivierter Mensch sind, dann fügen Sie sich dem Willen des Volkes.« Da er aber darauf besteht, den Drachen zu töten, hetzen sie die Hunde auf ihn . . .

Heute sehen wir in dem Drachen eher ein Symbol für die herrschende Bürokratie, die die Menschen verwaltet, oder für die Herrschaft der Apparate, der Computer, denen zuliebe alles genormt wird, und der Fernsehbildschirme, die das schöpferische Leben verkümmern lassen, oder für ein Wirtschaftssystem, das immer mehr Wachstum will und dem die Ressourcen der Natur, die Gesundheit der Menschen und letztlich auch ihre Zukunft geopfert werden.

Der Philosoph Franz Vonessen hat nicht von ungefähr unser Wirtschaftssystem, das unentwegt auf Wachstum aus ist, mit dem Bild eines unersättlichen Drachen beschrieben, der das Land beherrscht. Vonessen hat das in so bildkräftiger Weise getan, daß ich ihn hier wörtlich zitiere: »Ein Drache vernichtet das Land. – Wenn man ihm die Nahrung verweigert, dann tobt er entsetzenerregend. Die Menschen sind hilflos. Keiner von ihnen hat das Drachentöten gelernt. So sehen sie keinen anderen Rat als diesen: ihn vorerst weiter zu füttern. – Saubermänner gehen hinter ihm her und räumen den Kot fort, der das Leben verpestet. Sie glauben, auf diese Weise ›mit dem Untier leben‹ zu können. – Und wer will das tadeln, wenn er selbst nicht weiß, wie ein Drache zu töten ist...« (»Die Herrschaft des Leviathan«).

Der Drache versucht, den kühnen Jäger durch Worte einzuschüchtern und ihn durch Feueratem aus seinen sieben Rachen zu versengen. Doch die hilfreichen Tiere treten das brennende Gras aus, und der Jäger schlägt dem wütenden Ungeheuer mit seinem Schwert erst drei, dann weitere drei Köpfe und mit letzter Kraft den Schweif ab. Dann fallen die Tiere über den Drachen her und zerreißen ihn in Stücke.

Mit Hilfe derjenigen Triebkräfte, die der Mensch sich dienstbar gemacht hat, wird er Herr über die Glut der anderen Triebkräfte, die ungebändigt geblieben sind. Und mit Hilfe des scharfen, unterscheidenden Verstandes überwindet er die dämonische Macht des Bösen – gleich, ob sie sich im verschlingenden Unbewußten oder im herrschenden Bewußtsein verkörpert. Nur durch das Zusammenwirken der unteren und oberen Kräfte kann der Mensch die aktive Auseinandersetzung mit dem Bösen siegreich bestehen und seine Seele aus dessen Gewalt befreien.

Nachdem er den Drachen besiegt hat, befreit der Jäger die Königstochter aus der Kirche, in die er sie eingeschlossen hatte. Er trägt sie, da ihr während seines Kampfes die Sinne vor Angst und Schrecken vergangen waren, hinaus. Als sie wieder zu sich kommt, zeigt er ihr den zerrissenen Drachen und sagt ihr, daß sie nun erlöst sei. Voller Freude entgegnet sie ihm: »Nun wirst du mein liebster Gemahl werden, denn mein Vater hat mich demjenigen versprochen, der den Drachen tötet.«

Schon meint man, das Happy-End der Geschichte

erreicht zu haben; doch darin, daß sich die Königstochter erneut auf ihren Vater beruft, anstatt eine eigene Wahl zu treffen, deutet sich an, daß sie noch eine lange Zeit braucht, bis sie den Helden wirklich bekommt.

Es ist hier wie so oft im Leben: Was als glückliches Ende erscheint, ist in Wahrheit der Anfang eines langen, leidvollen Weges. Jeder gewonnene Kampf ist nur der Auftakt zu neuen Kämpfen.

Rückschlag

Als das geschehen war, weil er von dem Feuer
und dem Kampf so matt und müde war, sprach
er zur Jungfrau: »Wir sind beide so matt und
müde, wir wollen ein wenig schlafen.« Da sagte
sie ja, und sie ließen sich auf die Erde nieder,
und der Jäger sprach zu dem Löwen: »Du sollst
wachen, damit uns niemand im Schlaf überfällt«,
und beide schliefen ein. Der Löwe legte sich neben
sie, um zu wachen, aber er war vom Kampf auch
müde, daß er den Bären rief und sprach: »Lege
dich neben mich, ich muß ein wenig schlafen, und
wenn was kommt, so wecke mich auf.« Da legte
sich der Bär neben ihn, aber er war auch müde und
rief den Wolf und sprach: »Lege dich neben mich,
ich muß ein wenig schlafen, und wenn was kommt,
so wecke mich auf.« Da legte sich der Wolf neben
ihn, aber er war auch müde und rief den Fuchs und
sprach: »Lege dich neben mich, ich muß ein wenig
schlafen, und wenn was kommt, so wecke mich
auf.« Da legte sich der Fuchs neben ihn, aber er
war auch müde, rief den Hasen und sprach: »Lege
dich neben mich, ich muß ein wenig schlafen, und
wenn was kommt, so wecke mich auf.« Da setzte
sich der Hase neben ihn, aber der arme Has war

auch müde und hatte niemand, den er zur Wache herbeirufen konnte, und schlief ein. Da schlief nun die Königstochter, der Jäger, der Löwe, der Bär, der Wolf, der Fuchs und der Has, und schliefen alle einen festen Schlaf.

Der Marschall aber, der von weitem hatte zuschauen sollen, als er den Drachen nicht mit der Jungfrau fortfliegen sah und alles auf dem Berg ruhig ward, nahm sich ein Herz und stieg hinauf. Da lag der Drache zerstückt und zerrissen auf der Erde und nicht weit davon die Königstochter und ein Jäger mit seinen Tieren, die waren alle in tiefen Schlaf versunken. Und weil er bös und gottlos war, so nahm er sein Schwert und hieb dem Jäger das Haupt ab und faßte die Jungfrau auf den Arm und trug sie den Berg hinab. Da erwachte sie und erschrak, aber der Marschall sprach: »Du bist in meinen Händen, du sollst sagen, daß ich es gewesen bin, der den Drachen getötet hat.« – »Das kann ich nicht«, antwortete sie, »denn ein Jäger mit seinen Tieren hat's getan.« Da zog er sein Schwert und drohte sie zu töten, wo sie ihm nicht gehorchte, und zwang sie damit, daß sie es versprach. Darauf brachte er sie vor den König, der sich vor Freuden nicht zu lassen wußte, als er sein liebes Kind wieder lebend erblickte, das er von dem Untier zerrissen glaubte. Der Marschall sprach zu ihm: »Ich habe den Drachen getötet und die Jungfrau und das ganze Reich befreit, darum fordere ich sie zur Gemahlin, so wie es zugesagt ist.« Der König fragte die Jungfrau: »Ist das wahr, was er spricht?« – »Ach ja«, antwortete sie, »es muß wohl wahr sein: aber ich halte mir aus, daß erst über Jahr und Tag die Hochzeit gefeiert wird«, denn sie dachte, in der Zeit etwas von ihrem lieben Jäger zu hören.

Auf dem Drachenberg aber lagen noch die Tiere neben ihrem toten Herrn und schliefen; da kam eine große Hummel und setzte sich dem Hasen auf die Nase, aber der Hase wischte sie mit der Pfote ab und schlief weiter. Die Hummel kam zum zweitenmal, aber der Hase wischte sie wieder ab und schlief fort. Da kam sie zum drittenmal und stach ihm in die Nase, daß er aufwachte. Sobald der Hase wach war, weckte er den Fuchs, und der Fuchs den Wolf, und der Wolf den Bär, und der Bär den Löwen. Und als der Löwe aufwachte und sah, daß die Jungfrau fort war und sein Herr tot, fing er an, fürchterlich zu brüllen, und rief: »Wer hat das vollbracht? Bär, warum hast du mich nicht geweckt?« Der Bär fragte den Wolf: »Warum hast du mich nicht geweckt?«, und der Wolf den Fuchs: »Warum hast du mich nicht geweckt?«, und der Fuchs den Hasen: »Warum hast du mich nicht geweckt?« Der arme Has wußte allein nichts zu antworten, und die Schuld blieb auf ihm hangen. Da wollten sie über ihn herfallen, aber er bat und sprach: »Bringt mich nicht um, ich will unsern Herrn wieder lebendig machen. Ich weiß einen Berg, da wächst eine Wurzel, wer die im Mund hat, der wird von aller Krankheit und allen Wunden geheilt. Aber der Berg liegt zweihundert Stunden von hier.« Sprach der Löwe: »In vierundzwanzig Stunden mußt du hin- und hergelaufen sein und die Wurzel bringen.« Da sprang der Hase fort, und in vierundzwanzig Stunden war er wieder zurück und brachte die Wurzel mit. Der Löwe setzte dem Jäger den Kopf wieder an, und der Hase steckte ihm die Wurzel in den Mund; alsbald fügte sich alles wieder zusammen, und das Herz schlug, und das Leben kehrte zurück. Da erwachte der Jäger und erschrak, als er die Jungfrau nicht mehr sah, und dachte: Sie ist wohl fortgegangen, während ich schlief, um mich loszuwerden. Der Löwe hatte in der großen Eile seinem Herrn den Kopf verkehrt aufgesetzt, der aber merkte es nicht bei seinen traurigen Gedanken an die Königstochter: erst zu Mittag, als er etwas essen wollte, da sah er, daß ihm der Kopf nach dem Rücken zu stand, konnte es nicht begreifen und fragte die Tiere, was ihm im Schlaf widerfahren wäre. Da erzählte ihm der Löwe, daß sie auch alle aus Müdigkeit eingeschlafen wären, und beim Erwachen hätten sie ihn tot gefunden mit abgeschlagenem Haupte, der Hase hätte die Lebenswurzel geholt, er aber in der Eile den Kopf verkehrt gehalten; doch wollte er seinen Fehler wieder gutmachen. Dann riß er dem Jäger den Kopf wieder ab, drehte ihn herum, und der Hase heilte ihn mit der Wurzel fest.

Dieser Abschnitt ist nicht nur formal als retardierendes Moment zu verstehen, das die Spannung erhöhen soll, sondern ist auch inhaltlich von wesentlicher Bedeutung. Zwischen der Befreiung der Jungfrau aus der Gewalt des Drachen und ihrer Heimführung als Braut liegt meist ein langer, leidvoller Weg, auf dem es mancherlei Prüfungen zu bestehen gilt. Der Held verliert die eben gewonnene Jungfrau (den Schatz, das Wasser des Lebens, die Frucht vom Baum des Lebens), und er muß eine so tiefgreifende Veränderung durchmachen, daß sie im Märchen als Getötet- und Wiederbelebt-Werden dargestellt wird. Erst durch Tod und Wiedergeburt hindurch erlangt er die Jungfrau.

Unser Märchen erzählt, daß der Held, von Feuer und Kampf ermattet, und die Jungfrau, von Angst und Schrecken benommen, sich auf die Erde niederlassen und in tiefen Schlaf sinken; desgleichen die Tiere, die über sie wachen sollen. Meisterhaft wird geschildert, wie sich vom Löwen bis zum Hasen ein Tier nach dem anderen niederlegt, dem nächsten die Wache übergibt und einschläft. Fünfmal hintereinander wird das in einschläfernder Monotonie mit gleichlautenden Worten wiederholt, so daß der Hörer oder Leser selbst darüber ermüdet und einzuschlafen droht. Da liegen sie nun alle nebeneinander in tiefem Schlaf: der Jäger, die Jungfrau, der Löwe, der Bär, der Wolf, der Fuchs und der Hase – ein Bild totaler Erschöpfung.

Der Heldenschlaf nach bestandenem Kampf ist ein häufiges Märchenmotiv. Es sagt aus, daß das im Helden verkörperte Ich-Bewußtsein samt den von ihm in Dienst genommenen Triebkräften wieder ins Unbewußte zurücksinkt. Nicht-wach-bleiben-Können symbolisiert Bewußtseinsschwäche, wie umgekehrt die Fähigkeit, dem Schlafbedürfnis zu widerstehen, ein Zeichen von Wachheit des Bewußtseins ist. Der Held unseres Märchens ist nicht »wach« genug, um die Anima, den neu gewonnenen weiblichen Seelenanteil des Mannes, dem Bewußtsein zu »vermählen«. Dieses ist noch nicht aufnahmebereit.

Das kommt in den meisten Varianten des Brüdermärchens auf folgende Weise zum Ausdruck: Der Held verlobt sich mit der Königstochter, zieht dann aber in die Welt, um übers Jahr wiederzukommen und sie zu heiraten. »He will noch'n Jahr fri wesen«, heißt es in einer plattdeutschen Fassung des Märchens.

Während der Held abwesend ist oder – wie in unserem Märchen – schläft, betritt ein anderer die Szene und reißt das Gesetz des Handelns an sich. Mit ihm bricht ein dunkles, übermächtiges Todesschicksal über den Helden herein. Der Marschall schlägt ihm den Kopf ab und entführt die Jungfrau. Er zwingt sie unter Todesdrohungen, zu sagen, daß er es war, der den Drachen getötet hat; dann fordert er sie vom König als Siegespreis. Notgedrungen willigt die Königstochter in die Heirat ein, doch bittet sie sich aus, daß die Hochzeit erst übers Jahr gefeiert werden möchte, denn sie hofft, daß bis dahin ihr »lieber Jäger« zurückkehren werde. In zahlreichen Varianten ist das der Zeitpunkt, zu dem er ihr versprochen hat, zurückzukommen.

Der Entführer der Jungfrau ist in allen Varianten

des Märchens ein Mann, der in des Königs Diensten steht: Marschall, Minister, Offizier, Ritter oder Kutscher. Von der Psyche der Frau her gesehen, verkörpert der König den dämonischen Vater-Liebhaber, der durch den Marschall erneut Macht über die Tochter gewinnt. Er stellt den dunklen, dämonischen Aspekt des Animus, der männlichen Seite in der Frau, dar, der sie als »falscher Bräutigam« ans Unbewußte bindet und ihre Beziehung zu der lichten, befreienden Seite des Animus verhindert.

Von der Psyche des Mannes her gesehen, verkörpert der im Dienste des Königs stehende Marschall das herrschende Bewußtsein, das sich gegen das aufkeimende neue Bewußtsein durchsetzt. Der Held, der den Kopf und damit das Bewußtsein verliert, erleidet einen Rückfall auf eine Entwicklungsstufe, die er bereits überwunden hat. Er besitzt nicht die Kraft, das mühsam Erkämpfte festzuhalten. Psychotherapeuten kennen das aus der Analyse: Gerade dann, wenn man meint, man habe einen Komplex überwunden, gewinnt er noch einmal Macht über einen. Die neue Erfahrung ist zwar gemacht worden, aber sie kann nicht festgehalten und nicht fruchtbar gemacht werden. Man fällt zurück in das alte Verhaltensmuster und läßt sich wiederum unter das alte Gesetz zwingen. Das gilt auch von der neugewonnenen christlichen Freiheit, darum ermahnt der Apostel: »So bestehet nun in der Freiheit, zu der euch Christus befreit hat, und laßt euch nicht wiederum in das knechtische Joch fangen.«

Nachdem der Jäger getötet und die Jungfrau entführt worden ist, kommt das schreckliche Erwachen.

Dies wird mit viel Humor geschildert: Eine große Hummel sticht den Hasen in die Nase und weckt ihn auf diese Weise auf. Ist es ein Gewissensbiß, der ihn aus dem Schlaf aufschrecken läßt? Er hatte ja niemanden gehabt, an den er die Wache hätte übergeben können. Der Hase weckt den Fuchs, der Fuchs den Wolf, der Wolf den Bären, der Bär den Löwen. Als der sieht, was geschehen ist, fängt er fürchterlich zu brüllen an. Der Löwe fragt den Bären, der Bär den Wolf, der Wolf den Fuchs, der Fuchs den Hasen: »Warum hast du mich nicht geweckt?« Wie man die Pfeifen einer Panflöte von den niedrigsten bis zu den höchsten und von den höchsten bis zu den niedrigsten Tönen erklingen läßt, so verläuft hier die Handlung von den kleinsten bis zu den größten Tieren und wieder von den größten bis zu den kleinsten.

Auf das kleinste Tier, den Hasen, wird schließlich alle Schuld gehäuft. Die großen Tiere sind im Begriff, über ihn herzufallen und ihn umzubringen. Das ist ein stereotyper Vorgang, der sich unter den Menschen in strikter Einhaltung der Hackordnung immer wiederholt. Die Kleinsten in unserer Gesellschaft sind die Kinder. An ihnen werden letztlich die aufgestauten Spannungen und Aggressionen abreagiert. 60000 Kinder und Säuglinge werden in der Bundesrepublik Deutschland jedes Jahr Opfer von schweren und schwersten Mißhandlungen, und zwar nicht nur in den sogenannten unteren sozialen Schichten. Sie werden auf unvorstellbar grauenvolle Weise geschlagen, getreten, verbrüht, gebissen, total vernachlässigt, sexuell mißbraucht oder seelisch gequält. In der Tat: das dunkelste Kapitel unserer Gesellschaft.

Der Hase entgeht seinem Schicksal nur darum, weil er verspricht, den Jäger wieder lebendig zu machen. Er muß etwas Unmögliches vollbringen, nämlich in vierundzwanzig Stunden die Lebenswurzel von einem zweihundert Stunden entfernt liegenden Berg holen. Daß er von dieser Lebenswurzel weiß, die »von aller Krankheit und allen Wunden heilt«, kommt nicht von ungefähr. Der Hase steht in Verbindung mit dem Mond, dem Gestirn, das immerfort stirbt und wiedergeboren wird. (In dem chinesischen Märchen »Die Mondfee« ist es deshalb ein Hase, der zur Bereitung des Lebenselixiers das Lebenskraut im Mörser zerstößt.) Der Hase steht auch in Verbindung zur Erdmutter und ist ein weltbekanntes Symbol der Fruchtbarkeit und zeugenden Wiedergeburt der Natur.

Die Lebenswurzel, die Wurzel des Lebensbaumes, enthält die Wurzelkraft von allem, was ist. Die Suche nach der Lebenswurzel ist – wie auch die Suche nach dem Lebenswasser – ein häufiges Märchenmotiv. Im Märchen vom »Gevatter Tod« ist es der Tod selbst, der das Lebenskraut verleiht. In anderen Märchen ist es der Urahn (die Ahnenwelt entspricht dem Totenreich), bei dem nach abenteuerlicher Suchwanderung das Lebenskraut gefunden wird. So geht zum Beispiel im sumerischen Epos Gilgamesch zu Utnapischtim, um das Lebenskraut zu holen: »Wenn dies Gewächs deine Hände erlangen, wirst das Leben du finden!« – In diesem Zusammenhang ist auch das geheimnisvolle Kraut Moly aus der griechischen Mythologie zu nennen, dessen Wurzel schwarz und dessen Blüte weiß ist. Hermes, der See-

lenführer, bringt es Odysseus vom Himmel als Gegenmittel gegen die dunkellockenden Kräfte der chtoni-
schen Kirke. Die Christen deuteten dieses Motiv
christlich: An die Stelle des Hermes trat Christus als
Seelenführer. Er bringt vom Himmel die seelenret-
tende Gabe; das Moly der Frohen Botschaft, das
»Heilmittel der Unsterblichkeit«.

Der Hase vollbringt das Unmögliche: In einem
Tag schafft er die Lebenswurzel herbei. Der Löwe
setzt dem Jäger den Kopf wieder auf, und der Hase
heilt ihn mit Hilfe der Wurzel wieder an. Doch in der
großen Eile setzt der Löwe seinem Herrn den Kopf
verkehrt herum auf, so »daß ihm der Kopf nach dem
Rücken« steht.

Ist das nur ein skurriler Einfall des Märchenerzäh-
lers? Oder steckt ein tieferer Sinn darin? Wenn wir
mit einem Märchenmotiv nichts anzufangen wissen,
ist es hilfreich, andere Märchen heranzuziehen, in
denen dieses Motiv ausführlicher dargestellt und sein
Sinn aus dem Zusammenhang deutlicher erkennbar
wird. C. G. Jung nannte diese Methode »Amplifika-
tion«, das heißt Häufung, Vermehrung, Erweiterung
– nämlich der Grundlage für die Deutung.

Suchen wir nach einem Märchen, in dem das
Motiv von dem verkehrt aufgesetzten Kopf vorkommt, so stoßen wir auf das isländische Märchen
»Von dem Burschen, der sich vor nichts fürchtet«
(eine Variante von dem Grimmschen »Märchen von
einem, der auszog, das Fürchten zu lernen« und dem
anderen Grimmschen Märchen »Der Königssohn, der
sich vor nichts fürchtet«). In diesem Märchen kommt
unser Motiv nicht nur beiläufig vor, sondern die

Handlung läuft geradewegs darauf zu. Daß man dem Burschen Leichen in den Weg legt, daß er in einem Haus, in dem es spukt, nachts mit einem Gespenst kämpfen muß – das kann ihn nicht das Fürchten lehren. Ohne etwas dabei zu empfinden, wirft er die Leichen beiseite, geht er mit dem Gespenst um, ja am Ende vergnügt er sich mit Höhlenmenschen, die sich gegenseitig die Köpfe abschlagen und sie mit Hilfe einer Wundsalbe wieder aufsetzen, »um auszuprobieren, wie es mit dem Sterben sei«. Als sie bei diesem Spiel dem Burschen aber den abgehauenen Kopf verkehrt herum aufsetzen, mit dem Gesicht nach dem Rücken, so daß er sein Hinterteil sieht, da wird er plötzlich wahnsinnig vor Grauen und bittet sie um alles in der Welt, ihn von dieser Qual wieder zu erlösen. Also hauen sie ihm den Kopf von neuem ab und setzen ihn wieder richtig auf. Da kommen ihm Vernunft und Besinnung wieder ...

Das Erschrecken vor der eigenen, sonst nicht wahrnehmbaren Kehrseite ist bildhafter Ausdruck für das Erschrecken vor der »anderen Seite« unserer Persönlichkeit, die uns unbewußt ist. Wer ihrer ansichtig wird, gerät in Verwirrung und Qual. Denn es ist zweifellos ein Schock für uns, wenn wir bei kritischer Selbstprüfung erkennen, daß wir gar nicht der sind, für den wir uns halten, daß beispielsweise unser Verhalten einem anderen Menschen gegenüber gar nicht so edel ist, wie wir vorgeben, sondern im Grunde von menschlich-allzumenschlichen Konkurrenz-, Neid- und Haßgefühlen bestimmt wird. Wir haben sie nur verdrängt, weil sie mit unserer bewußten Einstellung nicht vereinbar sind, und haben sie dann unbewußt auf andere projiziert und an ihnen wahrgenommen. Was wir an anderen leidenschaftlich hassen, ist oft das, was wir in uns selbst verdrängt haben. Wir müssen erkennen, daß wir eine dunkle Seite haben, die unlöslich zu uns gehört wie unser Schatten und über die wir uns sowenig hinwegsetzen können, wie wir über unseren eigenen Schatten springen können. Die Begegnung mit unserer Schattenseite versetzt unserem Selbstwertgefühl einen empfindlichen Stoß und stürzt uns in Niedergeschlagenheit und Selbstzweifel. Aber das kann eine heilsame Durchgangsstufe sein, wenn sie uns dazu bringt, die Realität anzuerkennen und uns zu unserer Schattenseite zu bekennen. Nur wenn wir uns der wahren Motive unseres Handelns bewußt werden, können wir unsere negativen Gefühlsregungen kontrollieren und verändern.

Wenn es in dem isländischen Märchen heißt, daß der Bursche »sein Hinterteil« zu Gesicht bekommt, so ist damit deutlich die banale, stofflich-kreatürliche Seite unseres Menschseins betont. Nicht von ungefähr bedecken wir diesen Körperteil und verbergen uns vor anderen, wenn wir unsere Notdurft verrichten. Das Ausscheiden der verdauten Nahrung ist zwar ein ganz natürlicher Vorgang, aber wir schämen uns dessen, weil wir meinen, daß es uns in unserer Menschenwürde herabsetzt. Das, was wir hinter uns lassen, ist für uns der Inbegriff des Schmutzigen, Ekelerregenden, Nichtigen. Die vulgäre Alltagssprache entnimmt diesem Bereich ihre unflätigsten Ausdrücke.

Meistens werden wir mit dieser stofflich-kreatürlichen Seite unseres Menschseins konfrontiert, wenn unsere Verdauung oder andere körperliche Vorgänge nicht mehr funktionieren. Oder wenn wir uns einer unangenehmen ärztlichen Untersuchung unterziehen müssen. Oder wenn wir im Krankenhaus liegen, wo man sich weniger nach unserer geistig-seelischen Verfassung als nach dem Funktionieren unserer Körperorgane erkundigt und wir oft nahezu auf unsere Körperlichkeit reduziert werden. Dann wird uns deutlich, wie abhängig unser ganzes Leben von unserem Körper und von dem Funktionieren rein biologischer Vorgänge ist, oder anders ausgedrückt: daß das kostbare Gut des Lebens in einem sehr zerbrechlichen, irdischen Gefäß enthalten ist.

Wir erkennen dann, was wir so leicht vergessen oder verdrängen: Wir sind zwar durch unser Person-Sein und durch unsere Verantwortlichkeit aus aller übrigen Kreatur herausgehoben, aber wir sind und bleiben ein Teil der Natur und teilen mit ihr das Schicksal der Vergänglichkeit. Durch unsere Körperlichkeit bleiben wir an diese Erde gebunden, denn wir sind Erde und werden wieder zu Erde werden.

Wir können auch so sagen: Wer seine Rückseite, sein »Hinterteil« sieht, nimmt die Todesseite des Lebens wahr und wird von Angst und Schrecken befallen. Denn es ist zweierlei: zu wissen, daß man sterben muß, und die Vergänglichkeit am eigenen Leibe zu erfahren. Ersteres macht uns nachdenklich, letzteres macht uns Angst.

Mir ist der banale Stoffwechsel, ohne den wir nicht am Leben erhalten bleiben, ein Gleichnis: Wie die Nahrung, die wir aufnehmen, nicht dazu bestimmt ist, in uns zu bleiben, sondern verdaut zu werden, um unserem Körper die notwendige Lebensenergie zuzuführen, so ist alles, was uns im Leben zuteil wird, nicht zu bleibendem Besitz bestimmt, sondern dazu, uns zum wahren Leben reifen zu lassen. Freude und Leid dieser Welt vergehen, es bleibt nur das, worein wir es verwandeln, es bleibt nur der Segen, den wir ihm abringen.

Es ist möglich, daß der Erzähler unseres Märchens nicht mehr den tieferen Sinn des Motivs vom verkehrt aufgesetzten Kopf kannte, daß er es nur humoresk und spielerisch verwendet hat. Denn der Jäger, in seine traurigen Gedanken versunken, merkt erst als er etwas essen will, daß ihm der Kopf verkehrt herum steht. Es ist da nicht von einem Erschrecken vor dem Anblick seiner Kehrseite die Rede, sondern nur davon, daß er nicht begreift, was ihm widerfahren ist. Aber der ursprüngliche Sinn dieses Motivs läßt uns erkennen, daß es auch hier bildhafter Ausdruck eines tiefgreifenden Erlebnisses ist, eines Erlebnisses, bei dem es um Sterben und um Wiedergeburt geht.

Das wiedergeschenkte Leben aber hat nur das eine Ziel: die verlorene Prinzessin wiederzugewinnen.

Wetten, daß...?

Der Jäger aber war traurig, zog in der Welt herum
und ließ seine Tiere vor den Leuten tanzen.
Es trug sich zu, daß er gerade nach Verlauf eines
Jahres wieder in dieselbe Stadt kam, wo er die
Königstochter vom Drachen erlöst hatte, und
die Stadt war diesmal ganz mit rotem Scharlach
ausgehängt. Da sprach er zum Wirt: »Was will
das sagen? Vorm Jahr war die Stadt mit schwarzem Flor überzogen, was soll heute der rote
Scharlach?« Der Wirt antwortete: »Vorm Jahr
sollte unsers Königs Tochter dem Drachen ausgeliefert werden, aber der Marschall hat mit ihm
gekämpft und ihn getötet, und da soll morgen ihre
Vermählung gefeiert werden; darum war die Stadt
damals mit schwarzem Flor zur Trauer und ist
heute mit rotem Scharlach zur Freude ausgehängt.«
  Am nächsten Tag, wo die Hochzeit sein sollte,
sprach der Jäger um Mittagszeit zum Wirt:
»Glaubt Er wohl, Herr Wirt, daß ich heut Brot
von des Königs Tisch hier bei Ihm essen will?« –
»Ja«, sprach der Wirt, »da wollt ich doch noch
hundert Goldstücke dransetzen, daß das nicht
wahr ist.« Der Jäger nahm die Wette an und setzte

einen Beutel mit ebensoviel Goldstücken dagegen.
Dann rief er den Hasen und sprach: »Geh hin,
lieber Springer, und hol mir von dem Brot, das der
König ißt.« Nun war das Häslein das geringste
und konnte es keinem andern wieder auftragen,
sondern mußte sich selbst auf die Beine machen.
Ei, dachte es, wann ich so allein durch die Straßen
springe, da werden die Metzgerhunde hinter mir
drein sein. Wie es dachte, so geschah es auch, und
die Hunde kamen hinter ihm drein und wollten
ihm sein gutes Fell flicken. Es sprang aber, hast du
nicht gesehen! und flüchtete sich in ein Schilderhaus, ohne daß es der Soldat gewahr wurde. Da
kamen die Hunde und wollten es heraushaben,
aber der Soldat verstand keinen Spaß und schlug
mit dem Kolben drein, daß sie schreiend und heu-
lend fortliefen. Als der Hase merkte, daß die Luft
rein war, sprang er zum Schloß hinein und gerade
zur Königstochter, setzte sich unter ihren Stuhl
und kratzte sie am Fuß. Da sagte sie: »Willst du
fort!«, und meinte, es wäre ihr Hund. Der Hase
kratzte zum zweitenmal am Fuß, da sagte sie wieder: »Willst du fort!«, und meinte, es wäre ihr
Hund. Aber der Hase ließ sich nicht irre machen
und kratzte zum drittenmal, da guckte sie herab
und erkannte den Hasen an seinem Halsband. Nun
nahm sie ihn auf ihren Schoß, trug ihn in ihre
Kammer und sprach: »Lieber Hase, was willst
du?« Antwortete er: »Mein Herr, der den Drachen
getötet hat, ist hier und schickt mich, ich soll um
ein Brot bitten, wie es der König ißt.« Da war sie
voll Freude und ließ den Bäcker kommen und

befahl ihm, ein Brot zu bringen, wie es der König aß. Sprach das Häslein: »Aber der Bäcker muß mir's auch hintragen, damit mir die Metzgerhunde nichts tun.« Der Bäcker trug es ihm bis an die Türe der Wirtsstube: da stellte sich der Hase auf die Hinterbeine, nahm alsbald das Brot in die Vorderpfoten und brachte es seinem Herrn. Da sprach der Jäger: »Sieht Er, Herr Wirt, die hundert Goldstücke sind mein.« Der Wirt wunderte sich, aber der Jäger sagte weiter: »Ja, Herr Wirt, das Brot hätt ich, nun will ich aber auch von des Königs Braten essen.« Der Wirt sagte: »Das möcht ich sehen«, aber wetten wollte er nicht mehr. Rief der Jäger den Fuchs und sprach: »Mein Füchslein, geh hin und hol mir Braten, wie ihn der König ißt.« Der Rotfuchs wußte die Schliche besser, ging an den Ecken und durch die Winkel, ohne daß ihn ein Hund sah, setzte sich unter der Königstochter Stuhl und kratzte sie an ihrem Fuß. Da sah sie herab und erkannte den Fuchs am Halsband, nahm ihn mit in ihre Kammer und sprach: »Lieber Fuchs, was willst du?« Antwortete er: »Mein Herr, der den Drachen getötet hat, ist hier und schickt mich, ich soll bitten um einen Braten, wie ihn der König ißt.« Da ließ sie den Koch kommen, der mußte einen Braten, wie ihn der König aß, anrichten und dem Fuchs bis an die Türe tragen: da nahm ihm der Fuchs die Schüssel ab, wedelte mit seinem Schwanz erst die Fliegen weg, die sich auf den Braten gesetzt hatten, und brachte ihn dann seinem Herrn. »Sieht Er, Herr Wirt«, sprach der Jäger, »Brot und Fleisch ist da, nun will ich auch

Zugemüs essen, wie es der König ißt.« Da rief er den Wolf und sprach: »Lieber Wolf, geh hin und hol mir Zugemüs, wie's der König ißt. Da ging der Wolf geradezu ins Schloß, weil er sich vor niemand fürchtete, und als er in der Königstochter Zimmer kam, da zupfte er sie hinten am Kleid, daß sie sich umschauen mußte. Sie erkannte ihn am Halsband und nahm ihn mit in ihre Kammer und sprach: »Lieber Wolf, was willst du?« Antwortete er: »Mein Herr, der den Drachen getötet hat, ist hier, ich soll bitten um ein Zugemüs, wie es der König ißt.« Da ließ sie den Koch kommen, der mußte ein Zugemüs bereiten, wie es der König aß, und mußte es dem Wolf bis vor die Türe tragen: da nahm ihm der Wolf die Schüssel ab und brachte sie seinem Herrn. »Sieht Er, Herr Wirt«, sprach der Jäger, »nun hab ich Brot, Fleisch und Zugemüs, aber ich will auch Zuckerwerk essen, wie es der König ißt.« Rief er den Bären und sprach: »Lieber Bär, du leckst doch gern etwas Süßes, geh hin und hol mir Zuckerwerk, wie es der König ißt.« Da trabte der Bär nach dem Schlosse und ging ihm jedermann aus dem Wege: als er aber zu der Wache kam, hielt sie die Flinten vor und wollte ihn nicht ins königliche Schloß lassen. Aber er hob sich in die Höhe und gab mit seinen Tatzen links und rechts ein paar Ohrfeigen, daß die ganze Wache zusammenfiel, und darauf ging er gerades Weges zu der Königstochter, stellte sich hinter sie und brummte ein wenig. Da schaute sie rückwärts und erkannte den Bären und hieß ihn mitgehn in ihre Kammer und sprach: »Lieber Bär,

was willst du?« Antwortete er: »Mein Herr, der
den Drachen getötet hat, ist hier, ich soll bitten um
Zuckerwerk, wie's der König ißt.« Da ließ sie den
Zuckerbäcker kommen, der mußte Zuckerwerk
backen, wie's der König aß, und dem Bären vor die
Türe tragen: da leckte der Bär erst die Zuckererbsen auf, die heruntergerollt waren, dann stellte
er sich aufrecht, nahm die Schüssel und brachte sie
seinem Herrn. »Sieht Er, Herr Wirt«, sprach der
Jäger, »nun hab ich Brot, Fleisch, Zugemüs und
Zuckerwerk, aber ich will auch Wein trinken, wie
ihn der König trinkt.« Er rief seinen Löwen herbei
und sprach: »Lieber Löwe, du trinkst dir doch
gerne einen Rausch, geh und hol mir Wein, wie
ihn der König trinkt.« Da schritt der Löwe über
die Straße, und die Leute liefen vor ihm, und als er
an die Wache kam, wollte sie den Weg sperren,
aber er brüllte nur einmal, so sprang alles fort.
Nun ging der Löwe vor das königliche Zimmer
und klopfte mit seinem Schweif an die Türe. Da
kam die Königstochter heraus und wäre fast über
den Löwen erschrocken, aber sie erkannte ihn an
dem goldenen Schloß von ihrem Halsbande und
hieß ihn mit in ihre Kammer gehen und sprach:
»Lieber Löwe, was willst du?« Antwortete der:
»Mein Herr, der den Drachen getötet hat, ist hier,
ich soll bitten um Wein, wie ihn der König trinkt.«
Da ließ sie den Mundschenk kommen, der sollte
dem Löwen Wein geben, wie ihn der König
tränke. Sprach der Löwe: »Ich will mitgehen und
sehen, daß ich den rechten kriege.« Da ging er mit
dem Mundschenk hinab, und als sie unten hin-

kamen, wollte ihm dieser von dem gewöhnlichen
Wein zapfen, wie ihn des Königs Diener tranken,
aber der Löwe sprach: »Halt! ich will den Wein
erst versuchen«, zapfte sich ein halbes Maß und
schluckte es auf einmal hinab. »Nein«, sagte er,
»das ist nicht der rechte.« Der Mundschenk sah ihn
schief an, ging aber und wollte ihm aus einem
andern Faß geben, das für des Königs Marschall
war. Sprach der Löwe: »Halt! erst will ich den
Wein versuchen«, zapfte sich ein halbes Maß und
trank es; »der ist besser, aber noch nicht der
rechte.« Da ward der Mundschenk bös und sprach:
»Was so ein dummes Vieh vom Wein verstehen
will!« Aber der Löwe gab ihm einen Schlag hinter
die Ohren, daß er unsanft zur Erde fiel, und als er
sich wieder aufgemacht hatte, führte er den Löwen
ganz stillschweigend in einen kleinen besonderen
Keller, wo des Königs Wein lag, von dem sonst
kein Mensch zu trinken bekam. Der Löwe zapfte
sich erst ein halbes Maß und versuchte den Wein,
dann sprach er: »Das kann von dem rechten sein«,
und hieß den Mundschenk sechs Flaschen füllen.
Nun stiegen sie hinauf; wie der Löwe aber aus
dem Keller ins Freie kam, schwankte er hin und
her und war ein wenig trunken, und der Mundschenk mußte ihm den Wein bis vor die Türe tragen: da nahm der Löwe den Henkelkorb in das
Maul und brachte ihn seinem Herrn. Sprach der
Jäger: »Sieht Er, Herr Wirt, da hab ich Brot,
Fleisch, Zugemüs, Zuckerwerk und Wein, wie es
der König hat, nun will ich mit meinen Tieren
Mahlzeit halten«, und setzte sich hin, aß und trank

und gab dem Hasen, dem Fuchs, dem Wolf, dem Bär und dem Löwen auch davon zu essen und zu trinken und war guter Dinge, denn er sah, daß ihn die Königstochter noch liebhatte. Und als er Mahlzeit gehalten hatte, sprach er: »Herr Wirt, nun hab ich gegessen und getrunken, wie der König ißt und trinkt, jetzt will ich an des Königs Hof gehen und die Königstochter heiraten.« Fragte der Wirt: »Wie soll das zugehen, da sie schon einen Bräutigam hat und heute die Vermählung gefeiert wird?« Da zog der Jäger das Taschentuch heraus, das ihm die Königstochter auf dem Drachenberg gegeben hatte und worin die sieben Zungen des Untiers eingewickelt waren, und sprach: »Dazu soll mir helfen, was ich da in der Hand halte.« Da sah der Wirt das Tuch an und sprach: »Wenn ich alles glaube, so glaube ich das nicht und will wohl Haus und Hof dransetzen.« Der Jäger aber nahm einen Beutel mit tausend Goldstücken, stellte ihn auf den Tisch und sagte: »Das setze ich dagegen.«

Nun sprach der König an der königlichen Tafel zu seiner Tochter: »Was haben die wilden Tiere alle gewollt, die zu dir gekommen und in mein Schloß ein- und ausgegangen sind?« Da antwortete sie: »Ich darf's nicht sagen, aber schickt hin und laßt den Herrn dieser Tiere holen, so werdet Ihr wohltun.« Der König schickte einen Diener ins Wirtshaus und ließ den fremden Mann einladen, und der Diener kam gerade, wie der Jäger mit dem Wirt gewettet hatte. Da sprach er: »Sieht Er, Herr Wirt, da schickt der König einen Diener und läßt mich einladen, aber ich gehe so noch nicht.« Und

zu dem Diener sagte er: »Ich lasse den Herrn
König bitten, daß er mir königliche Kleider schickt,
einen Wagen mit sechs Pferden und Diener, die
mir aufwarten.« Als der König die Antwort hörte,
sprach er zu seiner Tochter: »Was soll ich tun?«
Sagte sie: »Laßt ihn holen, wie er's verlangt, so
werdet Ihr wohltun.« Da schickte der König königliche Kleider, einen Wagen mit sechs Pferden und
Diener, die ihm aufwarten sollten. Als der Jäger
sie kommen sah, sprach er: »Sieht Er, Herr Wirt,
nun werde ich abgeholt, wie ich es verlangt habe«,
und zog die königlichen Kleider an, nahm das
Tuch mit den Drachenzungen und fuhr zum König.
Als ihn der König kommen sah, sprach er zu seiner Tochter: »Wie soll ich ihn empfangen?« Antwortete sie: »Geht ihm entgegen, so werdet Ihr
wohltun.« Da ging ihm der König entgegen und
führte ihn herauf, und seine Tiere folgten ihm
nach. Der König wies ihm einen Platz an neben
sich und seiner Tochter, der Marschall saß auf der
andern Seite als Bräutigam, aber der kannte ihn
nicht mehr. Nun wurden gerade die sieben Häupter des Drachen zur Schau aufgetragen, und der
König sprach: »Die sieben Häupter hat der Marschall dem Drachen abgeschlagen, darum geb ich
ihm heute meine Tochter zur Gemahlin.« Da stand
der Jäger auf, öffnete die sieben Rachen und
sprach: »Wo sind die sieben Zungen des Drachen?«
Da erschrak der Marschall, ward bleich und wußte
nicht, was er antworten sollte, endlich sagte er in
der Angst: »Drachen haben keine Zungen.« Sprach
der Jäger: »Die Lügner sollten keine haben, aber

die Drachenzungen sind das Wahrzeichen des Siegers«, und wickelte das Tuch auf; da lagen sie alle siebene darin, und dann steckte er jede Zunge in den Rachen, in den sie gehörte, und sie paßte genau. Darauf nahm er das Tuch, in welches der Name der Königstochter gestickt war, und zeigte es der Jungfrau und fragte sie, wem sie es gegeben hätte, da antwortete sie: »Dem, der den Drachen getötet hat.« Und dann rief er sein Getier, nahm jedem das Halsband und dem Löwen das goldene Schloß ab und zeigte es der Jungfrau und fragte, wem es angehörte. Antwortete sie: »Das Halsband und das goldene Schloß waren mein, ich habe es unter die Tiere verteilt, die den Drachen besiegen halfen.« Da sprach der Jäger: »Als ich müde von dem Kampf geruht und geschlafen habe, da ist der Marschall gekommen und hat mir den Kopf abgehauen. Dann hat er die Königstochter fortgetragen und vorgegeben, er sei es gewesen, der den Drachen getötet habe; und daß er gelogen hat, beweise ich mit den Zungen, dem Tuch und dem Halsband.« Und dann erzählte er, wie ihn seine Tiere durch eine wunderbare Wurzel geheilt hätten, und daß er ein Jahr lang mit ihnen herumgezogen und endlich wieder hierher gekommen wäre, wo er den Betrug des Marschalls durch die Erzählung des Wirtes erfahren hätte. Da fragte der König seine Tochter: »Ist es wahr, daß dieser den Drachen getötet hat?« Da antwortete sie: »Ja, es ist wahr; jetzt darf ich die Schandtat des Marschalls offenbaren, weil sie ohne mein Zutun an den Tag gekommen ist, denn er hat mir das Versprechen zu schweigen abgezwungen. Darum aber habe ich mir ausgehalten, daß erst in Jahr und Tag die Hochzeit sollte gefeiert werden.« Da ließ der König zwölf Ratsherren rufen, die sollten über den Marschall Urteil sprechen, und die urteilten, daß er müßte von vier Ochsen zerrissen werden. Also ward der Marschall gerichtet, der König aber übergab seine Tochter dem Jäger und ernannte ihn zu seinem Statthalter im ganzen Reich. Die Hochzeit ward mit großen Freuden gefeiert, und der junge König ließ seinen Vater und Pflegevater holen und überhäufte sie mit Schätzen. Den Wirt vergaß er auch nicht und ließ ihn kommen und sprach zu ihm: »Sieht Er, Herr Wirt, die Königstochter habe ich geheiratet, und sein Haus und Hof sind mein.« Sprach der Wirt: »Ja, das wäre nach den Rechten.« Der junge König aber sagte: »Es soll nach Gnaden gehen: Haus und Hof soll Er behalten, und die tausend Goldstücke schenke ich Ihm noch dazu.«[2]

D ies ist der längste Abschnitt unseres Märchens, denn hier ist die Lust zum Fabulieren mit dem Erzähler durchgegangen. Gilt sonst allgemein vom Märchen, daß es Dinge und Vorgänge nicht ausführlich schildert, sondern nur knapp benennt, so ist hier der »abstrakte Stil« des Märchens (Max Lüthi) verlassen. Einzelne witzige oder komische Begebenheiten werden novellistisch dargeboten. Das Märchen gerät zum Schwank.

Solche liebevoll und mit Humor geradezu genüßlich ausgemalten Szenen sind beispielsweise, wie der

Löwe – »was so ein dummes Vieh vom Wein verstehen will!« – einen Wein nach dem anderen kostet, bis der Mundschenk ihn in den kleinen besonderen Keller führt, wo des Königs bester Wein lagert. Oder wie der Jäger seine Karten bis zum äußersten ausreizt, bis der König ihm königliche Kleider, einen Wagen mit sechs Pferden und Diener schickt. Oder wie der Jäger mit beißendem Spott den Marschall als Lügner entlarvt.

Während sonst das Märchen die formelhafte Wiederholung liebt und auf individualisierende Charakterisierung verzichtet, werden hier die Tiere in ihrer besonderen Eigenart gekennzeichnet. Zum Beispiel laufen sie nicht einfach zum Schloß, sondern es wird mit sichtlichem Vergnügen erzählt, auf welche Weise sie dorthin gelangen. Der Hase wird von Metzgerhunden gejagt, er flüchtet sich, unbemerkt von der Wache, in das Schilderhaus und läßt sich von dem Soldaten verteidigen, ohne daß dieser es weiß. Der Fuchs – er kennt alle Schliche – schleicht sich um die Ecken und Winkel herum, ohne daß ein Hund ihn sieht. Der Wolf geht geradewegs zum Schloß, weil er sich vor niemandem fürchtet. Der Bär erhebt sich, als die Wache ihn nicht passieren lassen will, zu voller Größe, gibt den Soldaten mit seinen Tatzen links und rechts ein paar Ohrfeigen, so daß die ganze Wache zusammenfällt. Und der Löwe brüllt nur einmal kräftig, und die Wachen stieben in alle Winde.

Auch die Art, wie sich die Tiere der Königstochter bemerkbar machen, wird unterschiedlich geschildert: Der Hase und der Fuchs setzen sich unter ihren Stuhl und kratzen sie am Fuß. Der Wolf setzt sich hinter sie und zupft sie am Kleid. Der Bär stellt sich hinter sie und brummt ein wenig. Und der Löwe klopft mit seinem Schweif an die Tür ihres Zimmers.

Schließlich wird auch auf unterschiedliche Weise beschrieben, wie die einzelnen Tiere ihrem Herrn die Speisen von des Königs Tisch servieren. Man sieht sie deutlich vor sich: Der Hase stellt sich auf die Hinterbeine, nimmt das Brot in die Vorderpfoten und bringt es seinem Herrn. Der Fuchs wedelt mit seinem Schwanz die Fliegen weg, die sich auf den Braten gesetzt haben, und bringt ihn seinem Herrn. Der Bär leckt erst die Zuckererbsen auf, die heruntergerollt sind, stellt sich aufrecht und bringt das Zuckerwerk seinem Herrn ...

Wenden wir uns nach diesen stilistischen Beobachtungen wieder dem Handlungsablauf zu:

Traurigkeit ist die Grundstimmung des Jägers. Nach gewonnenem Drachenkampf hat er während eines Anfalls von Schwäche einen schweren Rückschlag erlitten: Er ist durch einen Betrüger um seinen Siegespreis und um sein Leben gebracht worden. Nur mit Hilfe seiner Tiere ist er dem Tod entronnen. Doch obwohl er als der wahre Drachentöter alle Beweise gegen den Betrüger in Händen hat, fühlt er sich noch nicht stark genug, um die Königstochter für sich zu fordern. Er muß erst noch »Trauerarbeit« leisten.

Er zieht in der Welt umher und läßt seine Tiere tanzen. So wie ein Springreiter, ehe er seinen Ritt über den Parcours beginnt, sich des Gehorsams seines Pferdes vergewissert, indem er es einige Schritte rückwärts gehen läßt, so vergewissert sich der Jäger des

Gehorsams seiner Tiere, seiner animalischen Instinkte, indem er sie tanzen läßt. Wieviel Unheil entsteht unter den Menschen dadurch, daß unsere triebhaften Regungen, seien es Aggressionen, Rachegelüste oder sexuelle Begierden, unserem Willen nicht gehorchen, daß wir sie nicht beherrschen können und uns von ihnen zu unbedachten Handlungen hinreißen lassen. Wer gelernt hat, den rechten Zeitpunkt für sein Handeln abzuwarten, der gewinnt jene Gelassenheit und Überlegenheit, die den Jäger im folgenden auszeichnet.

Genau ein Jahr nachdem er die Königstochter aus der Gewalt des Drachen befreit hat – die Zeit ist erfüllt –, kehrt der Jäger wieder an den Ausgangspunkt seines Weges zurück. Auch wir werden ja manchmal auf den Punkt zurückgeworfen, von dem wir ausgingen, um noch einmal von vorn zu beginnen. Aber da wir uns inzwischen verändert haben, ist auch die Situation für uns eine andere. Jetzt ist die Stadt nicht »mit schwarzem Flor zur Trauer«, sondern »mit rotem Scharlach zur Freude« ausgehängt. Der Jäger kommt gerade zum rechten Zeitpunkt, denn am kommenden Tag soll die Hochzeit der Königstochter mit dem vermeintlichen Drachentöter stattfinden.

Im Wirtshaus, wo er zum ersten Mal von der Königstochter hörte, erfährt er davon und schließt darauf mit dem Wirt eine Wette ab. Zunächst geht es darum, daß er Speise und Trank von der königlichen Tafel bei ihm essen werde, und dann – nachdem er gewiß ist, daß die Königstochter ihn noch liebt – darum, daß nicht der Marschall, sondern er sie heiraten werde. Mit Hilfe der Tiere gewinnt er die erste Wette und mit Hilfe seiner Beweisstücke (Drachenzungen, Tuch und Halsband der Prinzessin) die zweite. Daß die Wette für den Jäger nur ein Spiel ist, an dem er seinen Spaß hat, zeigt sich daran, daß er am Ende dem Wirt Haus und Hof, die dieser verwettet hatte, beläßt und ihm noch die tausend Goldstücke dazu schenkt, die er selbst dagegen gewettet hatte.

Die Überführung des Marschalls als Lügner und Erpresser geschieht nicht grimmig und verbissen, sondern auf launige und humorvolle Weise. Humor ist immer ein Zeichen innerer Distanz und Überlegenheit. Der Marschall weist wohl die Häupter des Drachen vor, aber der Jäger hat deren Zungen. Das Herausschneiden der Zunge eines erlegten Tieres ist »uralter Jägerbrauch« (Handwörterbuch der deutschen Märchen). Die Zunge galt – wie heute noch das Gehörn vom Rehwild oder der ganze Kopf – als Trophäe, als »Wahrzeichen des Siegers«, wie es in unserem Märchen heißt. Und die Königstochter, die den Jäger als den »Herrn der Tiere« hat ins Schloß holen lassen, darf jetzt – nachdem die Schandtat des Marschalls an den Tag gekommen ist – öffentlich bekennen, daß der Jäger der wahre Drachentöter ist.

Die Befreiung der Jungfrau von dem falschen Bräutigam stellt unter psychologischem Gesichtspunkt die durch bewußte Bemühung erreichte Befreiung der Anima aus ihrer Verhaftung an die Schattenfigur dar; denn der falsche Bräutigam ist – wie die falsche Braut in »Aschenputtel« – der niedrige Aspekt des Schattens, Symbol der dem Wesentlichen fremden Einstellung.

Auf das Urteil der zwölf Ratsherren wird der Marschall von vier Ochsen auseinandergerissen. Auch diese Vorstellung, die im Märchen häufig vorkommt, geht auf eine in früheren Zeiten real vollzogene Hinrichtung zurück. (Sie ist germanischen Ursprungs und zuerst bei dem Geschichtsschreiber Gregor von Tours, 540–594, erwähnt.) Hier im Märchen, wo die Figuren Verkörperungen innerseelischer Mächte darstellen, bedeutet die Strafe für den Marschall, daß der falsche, erpresserische Aspekt des Schattens zerissen wird, so wie man ein Papier zerreißt, wenn es erledigt ist.

Auf die Bestrafung des falschen Bräutigams folgt im Märchen stereotyp die Übergabe der Königstochter an den Helden – die Anima wird seinem Persönlichkeitskern angeschlossen – und die Einsetzung des Helden zum Statthalter des Königs im ganzen Reich – der Held wird souveräner Herr über das Reich der Seele. Die Hochzeit des Helden mit der Königstochter symbolisiert die Vereinigung des Ich-Bewußtseins mit dem lebendigen Wesen des Seelischen. Beide zusammen bilden die höhere Persönlichkeit: das Selbst. Dieses ist mehr als das Ich. Es umfaßt sowohl das Wollen und Urteilen des Bewußtseins als auch die Intuition und Spontaneität des Unbewußten. Es vereint die inneren Gegensätze. »Es ist die tiefste Erkenntnis, die einem Menschen zuteil werden kann, zu begreifen, daß alle Widersprüche auf einer höheren Ebene sich ›vermählen‹« (Luise Rinser, Hochzeit der Widersprüche).

Bemerkenswert ist es, daß der junge König seinen Vater und seinen Pflegevater holen läßt und sie mit

Schätzen überhäuft. Daß er an seinen Pflegevater denkt, ist verständlich, denn ihm verdankt er, was er geworden ist. Aber daß er sich auch seines Vaters, des Besenbinders, erinnert, der ihn zusammen mit seinem Bruder im Wald ausgesetzt hat, ist nicht selbstverständlich. Dieser Zug findet sich auch in anderen Märchen, beispielsweise in dem Grimmschen Märchen »Hans mein Igel«: Etliche Jahre nachdem er Hochzeit gefeiert hat und König geworden ist, erinnert sich Hans seines Vaters, der sich seiner stets geschämt, seinen Tod herbeigewünscht und ihn schließlich vergessen hatte. Er macht sich selbst zu ihm auf den Weg und holt ihn »in sein Königreich«. Er kann nur in Frieden leben, wenn er sich mit seinem Vater ausgesöhnt hat.

Den Vater innerlich annehmen, auch und gerade den Vater, der sich negativ verhalten hat, ist wichtig, wenn ein Mensch sich anschickt, selber Vater zu werden. Denn es könnte sonst sein, daß sein Vaterverhältnis von dem negativen Vaterbild beherrscht würde, sei es, daß er wie sein Vater wird, sei es, daß er das negative Vaterbild durch übertrieben gegenteiliges Verhalten kompensiert.

Nicht nur für den Sohn, sondern auch für den Vater selbst ist eine Aussöhnung wichtig. Es ist gut denkbar, daß der Vater in unserem Märchen, seit er »mit traurigem Herzen« seine Kinder verließ, seines Lebens nicht wieder froh geworden ist, daß er es sich nicht verzeihen konnte, daß er, dem Rat seines Bruders folgend, seine Kinder aussetzte. Von sich aus konnte er nichts zur Versöhnung tun, denn er wußte ja nicht, wo seine Söhne geblieben waren. So konnte die Versöhnung nur vom Sohn ausgehen. Der, inzwischen souverän geworden, half ihm, über das, woran sein Leben krankte, hinwegzukommen und in Frieden zu sterben.

Es fällt auf, daß auch hier von der Mutter nicht die Rede ist. Vielleicht ist sie (wie oft im Märchen) bei der Geburt der Zwillinge gestorben, oder sie wird deshalb nicht erwähnt, weil sie es nicht verstanden hat, ein positives Gegengewicht zum negativen Vater zu bilden. Aber wie dem auch sei, jetzt ist das Weibliche in Gestalt der jungen Königin unlöslich mit dem Helden verbunden, der lebendige Seelenkern in die Psyche integriert.

Mit der Hochzeit des Helden und der Königstochter, mit der Einsetzung des Helden zum Statthalter des Königs im ganzen Reich und mit der Heimholung von Vater und Pflegevater ist das Ziel der abenteuerlichen Suchwanderung erreicht und – so denkt man – das Märchen zu Ende. Aber das Märchen geht weiter. Wohl gibt es nichts darüber hinaus, aber – wie jedermann weiß – kann das, was wir erreicht haben, uns auch wieder verlorengehen. Eine Hochzeit ist nicht nur Ziel und Erfüllung aller Wünsche, sondern sie ist zugleich Beginn eines mühevollen Weges, der nicht immer glücklich endet. Was sich gefunden hat, kann sich wieder verlieren. Was sich vereint hat, kann sich wieder trennen. Was integriert wurde, kann wieder entfallen. Nichts in diesem Leben ist endgültig und dauerhaft. Nie haben wir einen bleibenden Zustand erreicht. Immer sind wir auf dem Wege. Das Leben ist im Fluß. Es ist eine Kette von immer neuem Tod und immer neuem Leben.

Verhext

Nun waren der junge König und die junge Königin guter Dinge und lebten vergnügt zusammen.
Er zog oft hinaus auf die Jagd, weil das seine
Freude war, und die treuen Tiere mußten ihn
begleiten. Es lag aber in der Nähe ein Wald, von
dem hieß es, er wäre nicht geheuer, und wäre
einer erst darin, so käm er nicht leicht wieder heraus. Der junge König hatte aber große Lust, darin
zu jagen, und ließ dem alten König keine Ruhe,
bis er es ihm erlaubte. Nun ritt er mit einer großen
Begleitung aus, und als er zu dem Wald kam, sah
er eine schneeweiße Hirschkuh darin und sprach zu
seinen Leuten: »Haltet hier, bis ich zurückkomme,
ich will das schöne Wild jagen«, und ritt ihm nach
in den Wald hinein, und nur seine Tiere folgten
ihm. Die Leute hielten und warteten bis Abend,
aber er kam nicht wieder: da ritten sie heim und
erzählten der jungen Königin: »Der junge König
ist im Zauberwald einer weißen Hirschkuh nach-
gejagt und ist nicht wieder gekommen.« Da war
sie in großer Besorgnis um ihn. Er war aber dem
schönen Wild immer nachgeritten und konnte es
niemals einholen; wenn er meinte, es wäre schuß-
recht, so sah er es gleich wieder in weiter Ferne

dahinspringen, und endlich verschwand es ganz. Nun merkte er, daß er tief in den Wald hineingeraten war, nahm sein Horn und blies, aber er bekam keine Antwort, denn seine Leute konnten's nicht hören. Und da auch die Nacht einbrach, sah er, daß er diesen Tag nicht heimkommen könnte, stieg ab, machte sich bei einem Baum ein Feuer und wollte dabei übernachten. Als er bei dem Feuer saß und seine Tiere sich auch neben ihn gelegt hatten, deuchte ihn, als hörte er eine menschliche Stimme: er schaute umher, konnte aber nichts bemerken. Bald darauf hörte er wieder ein Ächzen wie von oben her, da blickte er in die Höhe und sah ein altes Weib auf dem Baum sitzen, das jammerte in einem fort: »Hu, hu, hu, was mich friert!« Sprach er: »Steig herab und wärme dich, wenn dich friert.« Sie aber sagte: »Nein, deine Tiere beißen mich.« Antwortete er: »Sie tun dir nichts, altes Mütterchen, komm nur herunter.« Sie war aber eine Hexe und sprach: »Ich will dir eine Rute von dem Baum herabwerfen; wenn du sie damit auf den Rücken schlägst, tun sie mir nichts.« Da warf sie ihm ein Rütlein herab, und er schlug sie damit, alsbald lagen sie still und waren in Stein verwandelt. Und als die Hexe vor den Tieren sicher war, sprang sie herunter und rührte auch ihn mit einer Rute an und verwandelte ihn in Stein. Darauf lachte sie und schleppte ihn und die Tiere in einen Graben, wo schon mehr solcher Steine lagen.[3]

Nun leben der junge König und die junge Königin vergnügt zusammen. Sie sind am Ziel ihrer Wünsche angelangt und haben alles, was das Leben angenehm und amüsant macht.

Doch auch ein Königsleben wird mit der Zeit langweilig und verliert seine Faszination. Das Neue wird zur Gewohnheit, das Hofleben zur Monotonie. Wenn ein Mensch – vom Wohlleben verwöhnt – sich nicht mehr anzustrengen braucht, erlahmen seine Kräfte. Weil es für ihn nichts Neues mehr zu entdecken, keine Herausforderungen mehr zu bestehen, keine Abenteuer mehr zu unternehmen gibt, verkümmern seine Instinkte. Was Wunder, daß sich da im jungen König das Blut des Jägers regt, daß er oft mit seinen Tieren auf die Jagd geht und daß er eine unbezähmbare Lust verspürt, in dem Wald zu jagen, von dem es heißt, er sei nicht geheuer, und sei einer erst darin, so komme er nicht leicht wieder heraus. Daß der alte König, das einseitig erstarrte Bewußtsein, es ihm nicht erlaubt, macht es ihm nur noch begehrenswerter – wie alles Verbotene einen besonderen Reiz auf uns ausübt. So setzt der junge König dem alten König so lange zu, bis dieser ihn, wenn auch widerwillig, gewähren läßt.

Als der junge König sich unter dem Schutz einer großen Begleitung zu diesem Abenteuer aufmacht, lockt ihn die schneeweiße Hirschkuh durch ihre schöne, unschuldige Gestalt immer tiefer in den Zauberwald hinein, so daß er seine Begleitung weit hinter sich läßt; nur seine treuen Tiere folgen ihm. Das schöne Wild ist ein faszinierendes, aber noch nicht menschengestaltiges Bild der Seele (Anima), die den

Helden immer tiefer ins Unbewußte hineinlockt, so tief, daß er nicht mehr den Weg heraus findet. Wir kennen das: Wenn jemand faszinierenden Ahnungen, Gefühlen und Ideen »nachjagt«, ohne sie »einholen«, das heißt realisieren zu können, dann isoliert er sich von anderen Menschen und »verrennt« sich.

In anderen Fassungen unseres Märchens wird noch deutlicher, was mit dem lockenden schönen Wild und dem Zauberwald gemeint ist: Der junge König wird in der Hochzeitsnacht (oder kurz darauf) durch ein fernes Licht oder Feuer, durch eine ungewöhnliche Erscheinung oder durch eine Stimme, die vor dem Fenster oder im Traum nach ihm ruft, magisch angezogen. Meist bespricht er sich darüber mit seiner Frau. Sie weiß, was es damit für eine Bewandtnis hat, und will ihn darum davon zurückhalten, der Erscheinung oder der Stimme zu folgen; denn keiner, der es tat, kehrte jemals wieder zurück. Hier ist eine geheimnisvolle Beziehung zwischen der jungen Königin und der zauberischen Erscheinung angedeutet: Diese ist eine Wesensseite von jener. Die junge Königin verkörpert den positiven Aspekt des Großen Weiblichen, das der Mann integrieren muß, um zur Ganzheit zu gelangen. Der junge König aber läßt sich durch den negativen Aspekt des Weiblichen dazu verlocken, sich von ihr zu lösen. Der Held hört nicht auf ihre Warnungen, sondern folgt, von Abenteuerlust ergriffen, der Verlockung, der er nicht widerstehen kann.

Als die Nacht über den Verirrten hereinbricht, macht sich der junge König ein Feuer und setzt sich mit seinen Tieren darum herum. Dann kommt jene

Szene, die mich betroffen gemacht hat und die mir darum besonders nachgegangen ist. Mit Fug und Recht kann man sie als einen zweiten Drachenkampf bezeichnen. Nur fordert hier das Böse nicht in eindeutiger Drachengestalt zum offenen Kampf heraus, sondern es erregt in zweideutiger Hexengestalt das Mitleid des Helden. Im russischen Zwei-Brüder-Märchen (»Die beiden Soldatensöhne Iwan«) ist die Hexe ein schönes Mädchen, das sich nachher zu einer furchtbaren Löwin aufpumpt, und in anderen Märchen ist die Hexe die Mutter, die Frau oder die Schwester des beziehungsweise der zuvor vom Helden getöteten Drachen (z. B. in »Silberweiß und Lillwacker«). Drache und Hexe sind verschiedene archetypische Bilder des negativen Aspekts des Großen Mütterlichen, das das Unbewußte verkörpert. Versteht man in unserem Märchen den Drachen, der auf dem hohen Berg wohnt, als Symbol des dämonischen Vaters, so folgt der Auseinandersetzung des Helden mit dem dämonischen Vater in dieser Episode die Auseinandersetzung mit der dämonischen Großen Mutter.

Der junge König vernimmt eine »menschliche Stimme«, und als er in die Höhe blickt, sieht er ein altes Weib, das frierend und jammernd auf einem Baum sitzt – sie ist ihm »zu hoch«, als daß er sie erkennen und durchschauen kann. Nichts Böses ahnend, ruft er das *alte Mütterchen* zu sich ans wärmende Feuer.

Mitleid zu haben mit einem bedauernswerten Menschen, ihm einen Platz im Warmen zu gewähren, mit ihm das Brot zu teilen oder ihm Almosen zu geben (das alles sind Bilder für: Anteil-Geben), ist – gerade vom christlichen Glauben her – geboten. Aber es gilt zu unterscheiden, wo Mitleid angebracht und wo es gefährlich ist, das heißt eine Gefahr heraufbeschwört. Der junge König hätte stutzig werden müssen, als die Alte von ihm verlangte, seine Tiere zu schlagen, also gegen die eigene Natur zu handeln. Er hätte sich nicht dazu überreden lassen dürfen, seine Instinkte zu unterdrücken und auszuschalten. Seine Bereitschaft dazu verrät eine allzu arglose, gutmütige Einstellung gegenüber dem Bösen, das sich oft in einer mitleiderregenden Gestalt verbirgt – schließlich befindet er sich in einem Zauberwald, und es ist Nacht.

Ich denke an eine fromme Frau aus meiner früheren Gemeinde. Sie erhielt eines Tages Besuch von einem jungen Mann, der sie um einen nicht geringen Geldbetrag bat und ihr dazu eine rührende Geschichte erzählte, wie wir Pastoren sie häufig erzählt bekommen. Sie hatte Mitleid mit ihm, lud ihn zum Mittagessen ein, gab ihm den erbetenen Betrag und verabschiedete sich von ihm in dem Bewußtsein, ein gutes Werk getan zu haben. Einen Tag später entdeckte sie, daß das Geld in ihrem Schreibtisch, das sie sich für den Urlaub mit ihrem Mann zurückgelegt hatte, verschwunden war. Es gab keinen Zweifel daran, daß der junge Mann das Geld gestohlen hatte, während sie in der Küche das Mittagessen bereitete. Die Enttäuschung war bitter, und die Folge davon, daß sie sich hatte täuschen lassen, spürte sie am eigenen Leibe: Der wohlverdiente Urlaub mußte ausfallen.

Das Problem entstand nicht dadurch, daß sie dem jungen Mann half, sondern daß es ihr an Instinkt für die Situation fehlte. Hatte sie nicht selbst durch ihre allzu große Vertrauensseligkeit die Gefahr heraufbeschworen? Ich könnte mir denken, daß der junge Mann erst dadurch, daß er im Wohnzimmer allein gelassen wurde, auf den Gedanken kam, nach Geld zu suchen und es zu stehlen. Gelegenheit macht Diebe!

Als Christen, die wir uns zur Nächstenliebe verpflichtet wissen, stehen wir besonders in der Gefahr, uns vom Bösen in seiner Mitleid erregenden Gestalt überlisten zu lassen. Als junger Pastor bin ich unzählige Male auf Menschen, die auf rührselige Weise an meine Nächstenliebe appellierten, hereingefallen; und ich bin mir durchaus nicht sicher, daß mir das nicht noch einmal passieren könnte. Warum bin ich nicht dagegen gefeit, mich durch Arglist täuschen zu lassen? Habe ich zu wenig Phantasie dem Bösen gegenüber, auch zu wenig Phantasie dem Bösen in mir selbst gegenüber? Erst wenn ich gelernt habe, das Böse in mir selbst zu erkennen und damit umzugehen, kann ich es auch in anderen erkennen und in rechter Weise damit umgehen. Denn wer sich selbst als listig und böse erlebt hat und diese Erfahrung nicht verdrängt, sondern versteht und akzeptiert, besitzt das nötige Einfühlungsvermögen, um sich in listige und böse Gedankengänge hineinzudenken. Nur er kann böse Absichten durchschauen und ihnen zuvorkommen. Menschenkenntnis beruht immer auf Selbsterkenntnis.

Wo es uns an Instinkt mangelt, entarten Gutmütigkeit und Mitleid zu einer starren Haltung. Sie werden zum Ausdruck unserer Schwäche und damit zu einem Einfallstor des Bösen. Anders ausgedrückt: Wenn christliche Nächstenliebe zu einem Prinzip erstarrt, das ohne Instinkt für die konkrete Situation und für den konkreten Menschen »durchgezogen« wird, dann wird sie berechenbar und damit manipulierbar. – Es kommt ja nicht von ungefähr, daß sich die Hexe in unserem Märchen vor den Tieren, den natürlichen Instinkten, fürchtet und darum darauf bedacht ist, sie zu bannen. Denn sind sie erst ausgeschaltet, ist der junge König diesem Teil seiner selbst entfremdet, dann hat die Hexe leichtes Spiel mit ihm. Die Lähmung der Instinkte hat die Lähmung auch der bewußten Persönlichkeit zur Folge.

Wir brauchen den Instinkt für das Böse, wenn wir uns nicht überlisten lassen wollen. Das gilt nicht nur für unseren persönlichen Umgang mit anderen Menschen, sondern auch für den Umgang von Gruppen unserer Gesellschaft und von Nationen unserer Weltgemeinschaft miteinander.

Ich denke an ein Motto der Friedensbewegung: »Frieden schaffen ohne Waffen.« Es kann durchaus sinnvoll sein, wenn damit gemeint ist: Wir nehmen die Waffen, die uns von böser Hand gereicht werden, nicht an. Wir »schlagen« damit nicht diejenigen, die doch ein Teil unser selbst sind. Wir spalten sie nicht von uns ab, weil wir wissen, daß das in Verhärtung und Versteinerung enden würde. In diesem Sinne wissen sich Christen in der Nachfolge Christi zur Gewaltlosigkeit aufgerufen. Aber das Motto wird dann falsch, wenn es auf einer gefährlichen Arglosigkeit gegenüber der Realität, auf einer beängstigenden Instinktlosigkeit gegenüber dem Bösen beruht. Solche Friedfertigkeit fordert das Böse geradezu heraus. Es bedient sich der Christen als »nützlicher Idioten« und nutzt sie raffiniert aus. Wenn sie ihre Schuldigkeit getan haben, werden sie fallen gelassen, denn das Böse wartet nur auf den Augenblick, wo es über uns herfallen und uns in seine Gewalt bringen kann.

Beider Möglichkeiten sollten wir uns bewußt sein und uns in jeder konkreten Situation entsprechend entscheiden. In der konkreten Situation unseres Märchens ist es geboten, auf der Hut zu sein – ähnlich wie in dem Märchen vom Wolf und den sieben Geißlein, wo die Mutter ihre Jungen warnt: »Liebe Kinder, seid auf eurer Hut vor dem Wolf, wenn er herein- kommt, so frißt er euch alle mit Haut und Haar.« Sie weiß, daß der Bösewicht seine Stimme verstellt und sich einen »weißen Fuß macht«, um sich Zugang zu denen zu verschaffen, die er sich als Beute auserse- hen hat.

Auch Jesus warnte vor den falschen Propheten, die in Schafskleidern zu uns kommen, inwendig aber reißende Wölfe sind. Und Paulus schreibt von den Lügenaposteln, die sich als Apostel Christi verklei- den, wie auch der Satan sich zuweilen in einen Engel des Lichts verkleidet.

In diesem Zusammenhang fällt mir ein Wort Jesu ein, das sich unmittelbar an die Aussendung seiner Jünger anschließt: »Siehe, ich sende euch wie Schafe mitten unter die Wölfe. Darum seid klug wie die Schlangen und ohne Falsch wie die Tauben.« In diesem Satz steht für »klug« dasselbe Wort, mit dem in der griechischen Übersetzung des Alten Testaments die Schlange im Paradies als »listig« beschrieben wird.

Steht dahinter der mythologische Gedanke, daß nur das Schlangenhafte die Schlange überwinden kann? Wie dem auch sei, jedenfalls gibt es noch heute im Palästinensischen die sprichwörtliche Redensart »hinterlistig (schlau) wie eine Schlange«.

Eine Parallele zu der Aufforderung Jesu, klug/listig wie die Schlange(n) zu sein, ist sein Gleichnis vom »unehrlichen Verwalter«. Dieser wird von seinem Herrn gelobt, »weil er klug gehandelt hatte« (hier steht dasselbe Wort für »klug« wie in dem Satz »Seid klug wie die Schlangen!«). Jesus beschließt dies Gleichnis mit den Worten: »Die Kinder dieser Welt sind im Umgang mit ihresgleichen klüger als die Kinder des Lichts.«

An »Klugheit« mangelt es dem Helden in unserem Märchen, darum wird er ein Opfer des erneuten Anschlages der Dunkelwelt. Schon mancher, der das Böse in seiner furchtbaren Drachengestalt besiegt hat, ist vom Bösen in seiner freundlich-verstellten Gestalt besiegt worden! – Ich denke an die Christen im Römischen Reich: Als sie mit Feuer und Schwert verfolgt wurden, haben sie bis aufs Blut widerstanden und durch ihre Leidens- und Opferbereitschaft die rohe Gewalt in die Knie gezwungen. Als sie aber selbst an die Macht kamen, als das Christentum zur Staatsreligion und damit die lebendige Urerfahrung einzelner Christen institutionalisiert wurde, haben sie das Böse unter dem Deckmantel der erlangten Macht nicht erkannt und haben sich davon genauso korrumpieren lassen wie die heidnischen Herrscher vor ihnen.

Indem der Held der Dunkelwelt erliegt, erstarrt er und wird zu Stein. Die Versteinerung – sie entspricht dem Motiv des Verschlungenseins im Walfischbauch und des Eingeschlossenseins im Eisenofen, im Glasberg oder im Glassarg – ist ein Bild des vom Leben abgeschnittenen, von Dämonen gebannten Wesens, ein Bild für jene seelische Erstarrung, die durch ungelöste Konflikte entsteht und sich in pathologischen Fällen infolge der Unfähigkeit, sich innerlich zu wandeln, bis zur tatsächlich vollzogenen Verhärtung, ja »Versteinerung« entwickelt. Wir kennen alle Menschen mit unbewegten, versteinerten Gesichtern, die – was auch immer geschieht – keine Miene verziehen, sich von allem unbeeindruckt zeigen und auf nichts reagieren. Sie sind bei lebendigem Leibe seelisch tot.

Ist dies das Ende unseres Märchens? Als der Held das erste Mal dem Tod verfiel, waren es seine Tiere, die ihn wieder lebendig machten. Nun sind die hilfreichen Tiere selber versteinert und können ihm nicht helfen. Doch wiederum zeigt sich, daß das Todesschicksal den Keim zu neuem Leben in sich trägt. Es bewirkt nämlich, daß da, wo alle Regenerationskräfte der eigenen menschlichen Natur erschöpft sind, jener ältere Bruder auf den Plan tritt und aktiv wird, der den jüngeren Bruder zur Ganzheit ergänzt.

Erlöst

Als aber der junge König gar nicht wieder kam,
ward die Angst und Sorge der Königin immer
größer. Nun trug sich zu, daß gerade in dieser
Zeit der andere Bruder, der bei der Trennung
gen Osten gewandelt war, in das Königreich kam.
Er hatte einen Dienst gesucht und keinen gefunden, war dann herumgezogen hin und her und
hatte seine Tiere tanzen lassen. Da fiel ihm ein, er
wollte einmal nach dem Messer sehen, das sie bei
ihrer Trennung in einen Baumstamm gestoßen
hatten, um zu erfahren, wie es seinem Bruder
ginge. Wie er dahin kam, war seines Bruders Seite
halb verrostet und halb war sie noch blank. Da
erschrak er und dachte: Meinem Bruder muß ein
großes Unglück zugestoßen sein, doch kann ich ihn
vielleicht noch retten, denn die Hälfte des Messers
ist noch blank. Er zog mit seinen Tieren gen
Westen, und als er in das Stadttor kam, trat ihm
die Wache entgegen und fragte, ob sie ihn bei seiner Gemahlin melden sollte: die junge Königin
wäre schon seit ein paar Tagen in großer Angst
über sein Ausbleiben und fürchtete, er wäre im
Zauberwald umgekommen. Die Wache nämlich
glaubte nicht anders, als er wäre der junge König

selbst, so ähnlich sah er ihm, und hatte auch die wilden Tiere hinter sich laufen. Da merkte er, daß von seinem Bruder die Rede war, und dachte: Es ist das beste, ich gebe mich für ihn aus, so kann ich ihn wohl leichter erretten. Also ließ er sich von der Wache ins Schloß begleiten und ward mit großen Freuden empfangen. Die junge Königin meinte nicht anders, als es wäre ihr Gemahl, und fragte ihn, warum er so lange ausgeblieben wäre. Er antwortete: »Ich hatte mich in einem Walde verirrt und konnte mich nicht eher wieder herausfinden.« Abends ward er in das königliche Bette gebracht, aber er legte ein zweischneidiges Schwert zwischen sich und die junge Königin: sie wußte nicht, was das heißen sollte, getraute aber nicht zu fragen.

Da blieb er ein paar Tage und erforschte derweil alles, wie es mit dem Zauberwald beschaffen war; endlich sprach er: »Ich muß noch einmal dort jagen.« Der König und die junge Königin wollten es ihm ausreden, aber er bestand darauf und zog mit großer Begleitung hinaus. Als er in den Wald gekommen war, erging es ihm wie seinem Bruder, er sah eine weiße Hirschkuh und sprach zu seinen Leuten: »Bleibt hier und wartet, bis ich wiederkomme, ich will das schöne Wild jagen«, ritt in den Wald hinein, und seine Tiere liefen ihm nach. Aber er konnte die Hirschkuh nicht einholen und geriet so tief in den Wald, daß er darin übernachten mußte. Und als er ein Feuer angemacht hatte, hörte er über sich ächzen: »Hu, hu, hu, wie mich friert!« Da schaute er hinauf, und es saß dieselbe Hexe oben im Baum. Sprach er: »Wenn dich friert, so komm herab, altes Mütterchen, und wärme dich.« Antwortete sie: »Nein, deine Tiere beißen mich.« Er aber sprach: »Sie tun dir nichts.« Da rief sie: »Ich will dir eine Rute hinabwerfen; wenn du sie damit schlägst, so tun sie mir nichts.« Wie der Jäger das hörte, traute er der Alten nicht und sprach: »Meine Tiere schlag ich nicht, komm du herunter, oder ich hol dich.« Da rief sie: »Was willst du wohl? Du tust mir noch nichts.« Er aber antwortete: »Kommst du nicht, so schieß ich dich herunter.« Sprach sie: »Schieß nur zu, vor deinen Kugeln fürchte ich mich nicht.« Da legte er an und schoß nach ihr, aber die Hexe war fest gegen alle Bleikugeln, lachte, daß es gellte, und rief: »Du sollst mich noch nicht treffen.« Der Jäger wußte Bescheid, riß sich drei silberne Knöpfe vom Rock und lud sie in die Büchse, denn dagegen war ihre Kunst umsonst, und als er losdrückte, stürzte sie gleich mit Geschrei herab. Da stellte er den Fuß auf sie und sprach: »Alte Hexe, wenn du nicht gleich gestehst, wo mein Bruder ist, so pack ich dich auf mit beiden Händen und werfe dich ins Feuer.« Sie war in großer Angst, bat um Gnade und sagte: »Er liegt mit seinen Tieren versteinert in einem Graben.« Da zwang er sie, mit hinzugehen, drohte ihr und sprach: »Alte Meerkatze, jetzt machst du meinen Bruder und alle Geschöpfe, die hier liegen, lebendig, oder du kommst ins Feuer.« Sie nahm eine Rute und rührte die Steine an: da wurde sein Bruder mit den Tieren wieder lebendig, und viele andere, Kaufleute, Handwerker, Hirten, standen auf, dankten für ihre Befreiung und zogen heim. Die Zwillingsbrüder aber, als sie sich wiedersahen, küßten sich und freuten sich von Herzen. Dann griffen sie die Hexe, banden sie und legten sie ins Feuer, und als sie verbrannt war, da tat sich der Wald von selbst auf und war licht und hell, und man konnte das königliche Schloß auf drei Stunden Wegs sehen.

In dem Augenblick, in dem sich der jüngere Bruder aus eigener Kraft nicht mehr helfen kann, wird der ältere, »jenseitige« Bruder magisch herbeigezogen. Ihm »fällt ein«, doch einmal nach dem Messer am Scheidewege zu sehen, um zu erfahren, wie es seinem Bruder gehe. Solche »Einfälle«, in denen eine unbewußte Ahnung oder Regung in unser Bewußtsein einfällt, gibt es häufiger als wir denken. Wir achten nur zu wenig darauf und messen ihnen kaum Bedeutung bei. Schon manches Mal, wenn mir ein bestimmter Mensch in den Sinn kam, habe ich ihn spontan angerufen oder besucht und war dann erstaunt, von ihm zu hören: »Ich habe gerade an Sie gedacht«, oder: »Sie kommen *wie gerufen*«, oder: »Sie schickt der Himmel; ich wußte mir selbst nicht mehr zu helfen.«

In einigen Varianten unseres Märchens erfährt der ältere Bruder durch einen Traum oder durch eine Fee von dem Schicksal seines Zwillingsbruders. Daß uns in einem Traum, also in einem Zustand, in dem unser Bewußtsein ausgeschaltet oder herabgemindert ist, unbewußte Regungen in Form von Bildern anschaulich und dadurch faßbar werden, weiß jeder, der auf

107

seine Träume achtet. Unser bewußtes Denken hat oft Scheuklappen, es nimmt nur wahr, was in seinem Blickwinkel liegt, und setzt sich über das, was von rechts und links dagegensteht, unbekümmert hinweg. Aber im Traum steht gerade dieses uns vor der Seele und fordert Beachtung. Nicht immer gelingt es uns, unsere Träume in unser Bewußtsein aufzunehmen – viele Träume bleiben uns unbewußt. Aber wenn es uns gelingt, können sie uns Wegweisung für unser Handeln geben.

Seit Sigmund Freud und Carl Gustav Jung ist die Deutung von Träumen ein wichtiges Hilfsmittel der Psychotherapie. Sie bietet darüber hinaus jedem Menschen die Möglichkeit, durch alles Verdrängte und Verschüttete hindurch sein eigentliches Selbst wahrzunehmen und Weisungen für die eigene Lebensgestaltung zu erhalten. Auch als »Gottes vergessene Sprache« ist der Traum wiederentdeckt. Die Bibel enthält viele Beispiele dafür, wie Gott im Traum zu Menschen spricht, sie warnt und ihnen den Weg zeigt, den sie gehen sollen. Und das geschieht in Träumen heute lebender Menschen genauso wie damals. (Helmut Hark, Der Traum als Gottes vergessene Sprache.)

An die Stelle des Traumes tritt in den Erzählungen der Bibel oft auch ein Engel, ein Bote, der dem Menschen »erscheint« und ihm Botschaft von Gott bringt. Er kommt aus einer anderen Welt, jenseits unserer Bewußtseinswelt, und hilft uns, wenn wir nicht mehr weiterwissen, zurecht. »Welches so zugeht«, sagt Martin Luther, »daß die Engel durch inwendig Anregen plötzlich einen Rat oder Sinn eingeben oder äußerlich ein Zeichen oder Anstoß in den Weg legen, damit der Mensch gewarnt oder gewendet wird, dies zu tun, das zu lassen, diesen Weg zu ziehen, diesen zu meiden, auch oft wider den ersten Vorsatz.«

Als der ältere Bruder am Todesnotzeichen erkennt, daß seinem Zwillingsbruder ein großes Unglück zugestoßen sein muß, daß er ihn aber vielleicht noch retten kann, weil nur die Hälfte des Messers verrostet ist, macht er sich mit seinen Tieren unverzüglich auf den Weg nach Westen.

Nach langer Wanderung (so in einer Reihe von Varianten) kommt er in das Königreich und in die Stadt, wo sein Bruder Statthalter des Königs ist. Noch ehe er ein Wort sagt, wird er als der junge König angesprochen – weil er seinem Bruder so ähnlich sieht und die gleichen Tiere in seinem Gefolge hat. Er widerspricht nicht und übernimmt die Rolle, die sie ihm zuweisen – nicht weil er für sich selbst daraus einen Vorteil ziehen will, sondern weil er meint, seinen Bruder so leichter retten zu können. Aber er kennt dabei durchaus seine Grenze. Das zeigt sich daran, daß er auf dem Nachtlager zwischen sich und die junge Königin ein blankes Schwert legt.

Das zweischneidige Schwert, das nach beiden Seiten hin Abstand gebietet, ist ein uraltes Symbol ritterlicher Ehrenhaftigkeit, ein Symbol der Keuschheit, die hier nicht um ihrer selbst willen geübt wird, sondern Ausdruck der Treue gegenüber dem Bruder ist. Der zu Hilfe eilende Bruder läßt sich auf dem Weg der Rettung durch nichts ablenken und erweist sich so als glaubwürdig.

Vergegenwärtigen wir uns noch einmal, daß die beiden Zwillinge zwei Seiten ein und desselben Menschen verkörpern! Ursprünglich waren sie unterschiedslos eins. Dann haben sie sich voneinander getrennt und unterschiedlich entwickelt. Nun, da offenbar geworden ist, daß sie nicht ohne einander leben können, nähern sie sich einander wieder an.

Aber der ältere Bruder beansprucht für sich nicht das, was sein Bruder in der Welt erreicht hat (Königstochter und Königreich). Darum legt er das Schwert zwischen sich und die Gattin seines Bruders. Das Schwert ist das Symbol klarer Unterscheidung und strenger Scheidung. Denn nicht das Vermischen der gegensätzlichen, aber zusammengehörenden Wesensseiten führt zur Ganzheit. Nur wer sie in sich erkennt, bejaht und verwirklicht hat, wird fähig, sie miteinander zu verbinden. Nur wer den Konflikt, der durch die bewußt gewordene eigene Zweiheit entstanden ist, bis in die letzten Konsequenzen durchlitten hat, ist bereit zur Versöhnung und Wiedervereinigung mit dem Seelisch-Anderen.

Indem der ältere Bruder sich selbst treu bleibt, bleibt er seinem Bruder treu. Er hat keine Beziehung zur menschlichen Form der Anima (Königstochter), aber er hat dafür eine engere Bindung an seine Instinkte (Tiere) und eine größere Instinktsicherheit gegenüber dem Bösen (Hexe).

Zunächst ergeht es ihm genauso wie seinem jüngeren Bruder. Auch er redet die Hexe als »altes Mütterchen« an und lädt sie ein, sich an seinem Feuer zu wärmen. Doch als sie von ihm verlangt, daß er seine Tiere schlägt, wird er mißtrauisch. Er weigert sich

(»weigern« kommt sprachlich von wigan = kämpfen) und fordert sie mit schroffen Worten heraus, sich ihm zu stellen: »Komm herunter, oder ich hol dich!« Als sie wegen der Tiere ängstlich tut, läßt er sich dadurch nicht beirren, sondern wird ihr gegenüber nur noch schroffer: »Kommst du nicht, so schieß ich dich herunter!« So oder so, er ist entschlossen, sie von ihrer hohen, unerreichbaren Position herunterzuholen und ihr, das heißt dem Bösen, auf den Leib zu rücken. Er hat ihre List und Verstellung durchschaut.

Als die Hexe sich durchschaut weiß, gibt sie es auf, sich zu verstellen, und zeigt ihr wahres Wesen: »Schieß nur zu, vor deinen Kugeln fürchte ich mich nicht.« Sie ist gegen gewöhnliche Bleikugeln, wie sie der Jäger benutzt, gefeit. Damit »trifft« er sie nicht. – Es ist verhängnisvoll, wenn jemand meint, mit den gewöhnlichen Mitteln bloßer Gewalt das Böse besiegen zu können, und dann voller Entsetzen feststellen muß, daß er damit das Böse nicht trifft und sich ihm schutzlos und wehrlos ausgeliefert sieht. Offensichtlich ist die Angst vor einer solchen Situation auch heute noch lebendig, denn es fällt auf, daß es eine ganze Reihe von Filmen gibt, die, kollektiven Alpträumen gleich, immer wieder dasselbe imaginieren: Ein Urzeit-Ungeheuer bricht durch die Erdoberfläche und vollführt wahre Orgien der Zerstörung. Stäbe von Wissenschaftlern und Technikern sowie ganze Armeen, die mit den modernsten Waffen ausgerüstet sind, kämpfen vergeblich gegen dieses Ungeheuer. Weder menschlicher Verstand noch die modernsten Waffen vermögen gegen die entfesselte Urmacht etwas auszurichten.

Der Jäger aber »weiß Bescheid«. Er weiß, daß böse Menschen die Flinte eines Jägers behexen können, so daß der Schuß nicht trifft. Aber er weiß auch das Gegenmittel: Er reißt sich drei silberne Knöpfe vom Rock und lädt damit seine Flinte, denn Silber hat die Kraft, böse Mächte abzuwehren. Selbst Hexen, die sonst schußfest zu sein pflegen, werden durch einen Schuß mit silbernen Kugeln oder Knöpfen getroffen (Handwörterbuch des deutschen Aberglaubens).

So schießt der Jäger, ohne ein weiteres Wort zu verlieren, die Hexe vom Baum herab. In Siegerpose stellt er seinen Fuß auf sie und zwingt sie unter Todesdrohungen, den Ort zu nennen, wo sein Bruder ist, und ihn wieder lebendig zu machen. Er nennt dabei das Böse beim Namen, indem er das alte Weib »Hexe« und »alte Meerkatze« schimpft (Meerkatze ist eine langgeschwänzte Affenart, die von alters her als eine übers Meer gekommene, fremde Katze angesehen wurde). Die Katze ist ja in vielen Märchen der Hexe zugeordnet; in einer Variante unseres Märchens hat sie in dieser Episode selbst die Gestalt einer Katze angenommen.

Mit derselben Rute, mit der die Hexe den Helden verzaubert hat, entzaubert sie ihn auch wieder, das heißt: durch dasselbe Mittel, durch das der Zauber hervorgerufen wurde, wird er auch wieder aufgehoben. Das ist übrigens eine Grundregel homöopathischer Heilmethode, daß man Gleiches mit Gleichem kuriert.

Nicht nur der Bruder und seine Tiere, sondern auch »alle Geschöpfe«, die zuvor verzaubert worden waren – Kaufleute, Handwerker und Hirten –, werden vom bösen Bann erlöst. Daran wird noch einmal deutlich, daß das Besiegen der Hexe eine Parallele zum Drachenkampf darstellt; denn auch da heißt es, daß der Held alle, die das Ungeheuer zuvor verschlungen oder in seine Gewalt gebracht hatte, aus dieser seiner Gewalt, aus dem Bauch der Hölle, befreit: seine Eltern, seine Stammesgenossen, seine Ahnen, ja die ganze Menschheit. Wo immer ein Mensch einen Konflikt gelöst hat und zu einer höheren Bewußtseinsstufe gelangt ist, wirkt seine Tat auch auf andere belebend und befreiend. Der ältere Bruder ist also eine Erlösergestalt.

Nachdem die Hexe den Zauber gelöst hat, wird sie von den beiden Brüdern gebunden und ins Feuer geworfen. In der Hexe wird das Böse vernichtet und damit der Zauberwald entzaubert: Der Wald tut sich von selbst auf, und man kann das königliche Schloß auf drei Stunden Weges sehen. Das erleben wir häufig: Wenn eine lähmende Atmosphäre entkrampft und entgiftet wird, zeigt sich ein Weg aus der aussichtslos scheinenden Lage, und manches Problem löst sich »von selbst«.

Nun scheint nach allen Irrungen und Wirrungen das glückliche Ende zum Greifen nahe – doch da kommt es zwischen den beiden Brüdern, die sich eben noch in überschwenglicher Wiedersehensfreude umarmt und geküßt haben, zu einem tödlichen Konflikt.

Entzweit und wieder vereint

Nun gingen die zwei Brüder zusammen nach
Haus und erzählten einander auf dem Weg ihre
Schicksale. Und als der jüngste sagte, er wäre an
des Königs Statt Herr im ganzen Lande, sprach
der andere: »Das hab ich wohl gemerkt, denn als
ich in die Stadt kam und für dich angesehen ward,
da geschah mir alle königliche Ehre: die junge
Königin hielt mich für ihren Gemahl, und ich
mußte an ihrer Seite essen und in deinem Bett
schlafen.« Wie das der andere hörte, ward er so
eifersüchtig und zornig, daß er sein Schwert zog
und seinem Bruder den Kopf abschlug. Als dieser
aber tot dalag und er sein rotes Blut fließen sah,
reute es ihn gewaltig: »Mein Bruder hat mich
erlöst«, rief er aus, »und ich habe ihn dafür getötet!« und jammerte laut. Da kam sein Hase und
erbot sich, von der Lebenswurzel zu holen, sprang
fort und brachte sie noch zu rechter Zeit: und der
Tote ward wieder ins Leben gebracht und merkte
gar nichts von der Wunde.

Darauf zogen sie weiter, und der jüngste
sprach: »Du siehst aus wie ich, hast königliche
Kleider an wie ich, und die Tiere folgen dir nach
wie mir: wir wollen zu den entgegengesetzten

Toren eingehen und von zwei Seiten zugleich beim alten König anlangen.« Also trennten sie sich, und bei dem alten König kam zu gleicher Zeit die Wache von dem einen und dem andern Tore und meldete, der junge König mit den Tieren wäre von der Jagd angelangt. Sprach der König: »Es ist nicht möglich, die Tore liegen eine Stunde weit auseinander.« Indem aber kamen von zwei Seiten die beiden Brüder in den Schloßhof hinein und stiegen beide herauf. Da sprach der König zu seiner Tochter: »Sag an, welcher ist dein Gemahl? Es sieht einer aus wie der andere, ich kann's nicht wissen.« Sie war da in großer Angst und konnte es nicht sagen; endlich fiel ihr das Halsband ein, das sie den Tieren gegeben hatte, suchte und fand an dem einen Löwen ihr goldenes Schlößchen: da rief sie vergnügt: »Der, dem dieser Löwe nachfolgt, der ist mein rechter Gemahl.« Da lachte der junge König und sagte: »Ja, das ist der rechte«, und sie setzten sich zusammen zu Tisch, aßen und tranken und waren fröhlich. Abends, als der junge König zu Bett ging, sprach seine Frau: »Warum hat du die vorigen Nächte immer ein zweischneidiges Schwert in unser Bett gelegt, ich habe geglaubt, du wolltest mich totschlagen.« Da erkannte er, wie treu sein Bruder gewesen war.

Eifersucht ist das Motiv, das zum Brudermord führt. Schon der bloße Gedanke daran, daß sein Bruder seine Frau zur Untreue verführt haben könnte, erregt den Zorn des jungen Königs so sehr, daß er – ohne zu prüfen, ob sein Verdacht begründet ist – sein Schwert zieht und seinem Bruder den Kopf abschlägt.

Jeder, der in einer engen partnerschaftlichen Bindung lebt, kennt Eifersucht. Er weiß, wie leicht er sich ereifern kann, wenn ein Dritter auftaucht, der diese Beziehung stört. Eifersucht entspringt der Existenzweise des Habens (E. Fromm), die den anderen für sich allein haben und ihn mit niemandem teilen will. Die besitzorientierte Liebe ist immer mit Angst verbunden, die in jedem anderen einen Nebenbuhler wittert, der einem den Besitz streitig machen will und der darum beseitigt werden muß. Dagegen ist Eifersucht der Liebe, die in der Existenzweise des Seins gründet, fremd: »Sie ist nicht eifersüchtig (neidisch)«, denn »sie sucht nicht das Ihre«, heißt es im Hohenlied der Liebe.

Eifersucht, die zwei Brüder (zwei Schwestern) zu feindlichen Brüdern (Schwestern) macht, ist eines der Urmotive der Menschheit. Es ist in Mythen, Märchen und Sagen der Frühzeit ebenso wie in Novellen, Romanen und Dramen unserer Zeit immer aufs neue gestaltet worden. Der Glücklose und Erfolglose tötet aus Eifersucht und Neid seinen glücklichen und erfolgreichen Bruder; so beispielsweise in dem afrikanischen Märchen »Maschilo und Maschilwane oder Der Brudermord«. Die zwei Brüder zogen mit ihren Hunden aus und kamen an einen Baum, in dem

116

Maschilwanes Hund eine Öffnung fand, aus der fette Kühe herauskamen, indessen Maschilos Hund eine Öffnung entdeckte, aus der magere Kühe hervorkamen. Aus Neid tötete daraufhin Maschilo seinen Bruder auf dem Heimweg und trieb die ganze Herde allein zum Dorfe.

Im jüdisch-christlichen Kulturkreis ist die bekannteste Ausprägung des Motivs von den feindlichen Brüdern die biblische Geschichte von Kain und Abel. Sie gehört zur menschlichen Urgeschichte, das heißt, sie ist nicht nur die Geschichte eines Brüderpaares, sondern die Geschichte des Menschen als eines Brudermörders, denn in Kain setzt sich die Geschichte Adams (Adam = Mensch) fort. Der Mensch, der Gott los sein will, will auch seinen Bruder loswerden. Dabei geht es nur vordergründig um Glück und Erfolg, hintergründig um den Segen Gottes, der auf dem einen ruht, dessen Opfer er annimmt, und der dem anderen, dessen Opfer er nicht annimmt, versagt bleibt. Entsprechend richtet sich der Zorn Kains nur vordergründig gegen seinen Bruder Abel, im Grunde aber gegen Gott selbst. Eifersucht und Zorn gegen den vom Leben Bevorzugten werden hier also zurückgeführt auf das Mißtrauen und die Empörung gegen den Herrn des Lebens selbst, der Gnade erweist, wem er will. »Jenseits von Eden«, das heißt in einer unheil gewordenen Welt, wird der Segen Gottes zum Anlaß von Eifersucht, Zorn und Brudermord.

Unser Märchen variiert das Motiv des Brudermords auf eigene Weise: Hier erschlägt nicht der Benachteiligte den vom Leben Bevorzugten, um sich an ihm dafür zu rächen, daß er zu kurz gekommen ist, sondern der glücklich Besitzende erschlägt in blindem Eifer den, den er verdächtigt, seinen Besitz angetastet zu haben. In der Tat: Ist in der Geschichte der Menschheit nicht mehr Gewalttätigkeit von seiten der Besitzenden als von den Besitzlosen ausgegangen? Die primäre Gewalt war immer die, mit der die Besitzenden ihren Besitz gegenüber denen verteidigten, die ihn ihnen streitig machten.

Den jungen König in unserem Märchen erfüllt Mißtrauen gegenüber seinem Bruder, obgleich dieser ihn gerade vom Tode errettet hat. Dieses Mißtrauen ist für den Leser um so unverständlicher, als er ja weiß, daß der Bruder nur widerstrebend die Rolle des jungen Königs gespielt hat, weil er dachte, jenen auf diese Weise leichter erretten zu können, und der Leser weiß, daß er dabei seine Grenzen durchaus gewahrt hat, indem er auf dem königlichen Bette das zweischneidige Schwert zwischen sich und die junge Königin gelegt hatte.

Es ist deutlich: Eifersucht ist ein Grundzug zwischenmenschlicher Beziehungen in einer Welt, in der das Vertrauen in die brüderliche Treue erstorben ist.

In einer häufig vorkommenden und darum wohl ursprünglichen Fassung unseres Märchens heißt es, der junge König sei, nachdem er seinen Bruder erschlagen habe, zum Schloß geritten. Erst als er von seiner Frau erfuhr, wie treu sein Bruder gewesen war, sei er in den Wald zurückgeritten und habe ihn wieder zum Leben erweckt. So ist der Mensch: Solange er von der Schuldhaftigkeit seines Bruders überzeugt ist, empfindet er nur Genugtuung über dessen Tod, und das Gewissen regt sich nicht. Aber wie oft macht uns unsere Leidenschaft blind für die wirklichen Zusammenhänge!

In der Grimmschen Fassung unseres Märchens ist es anders: Als der junge König seinen Bruder, der ihn doch erlöst hat, tot daliegen und sein rotes Blut fließen sieht, reut es ihn gewaltig. Wie in der Geschichte von Kain und Abel »schreit« die Stimme des Blutes zum Himmel – nur daß der junge König im Gegensatz zu Kain diesen Schrei vernimmt und Reue empfindet über seine Tat, die er im frischen Zorn begangen hat. Ich kann dieses Erschrecken nachempfinden: Wenn ich durch eine unüberlegte Reflexbewegung ein Insekt oder eine Spinne totgeschlagen habe, dann bin ich hinterher ganz betroffen darüber, daß ich unbedacht Leben ausgelöscht habe. Ist nicht das Leben der Atem Gottes in seinen Geschöpfen? Und gebührt nicht dem Leben Ehrfurcht in allen seinen Erscheinungsformen?

Wie gern würden wir manches, was wir in der Aufwallung unseres Blutes unbedacht getan haben, wieder rückgängig machen! Aber wir haben keinen Hasen, der sich erbietet, die Lebenswurzel zu holen und dem das Leben zurückzugeben, den wir um das Leben gebracht haben.

Versteht man die beiden Brüder als Verkörperungen der gegensätzlichen Naturen in einem Menschen, so stellt sich in dieser Szene der Konflikt beider Seiten im Blick auf die Seele, auf das Selbst, dar. Die bis dahin vorherrschende Seite fürchtet eine Einbuße ihrer seelischen Kraft durch das Auftauchen und Mächtigwerden der andersartigen Kraft aus dem

Unbewußten. Mit anderen Worten: Die bisherige Persönlichkeit fühlt sich durch die andere Seite bedroht, obgleich sie erfahren hat, daß sie allein verloren ist und zu ihrer Rettung der anderen bedarf. Noch sieht der »eindimensionale Mensch« sein Verhältnis zu der auftauchenden neuen Dimension als Rivalität und meint, sich ihr gegenüber behaupten und durchsetzen zu müssen. Doch kaum ist die andere Seite ausgeschaltet, fehlt uns etwas, und wir möchten die andere Seite wieder beleben. Aber wie lang ist oft der Weg, bis wir erkennen, daß das, was wir als bedrohlichen Rivalen bekämpfen, in Wahrheit unser Bruder ist, den wir notwendig, ja um unsere Not zu wenden, brauchen.

Obgleich der junge König noch nicht weiß, daß sein Bruder sich nichts hat zuschulden kommen lassen, fällt ihm doch eine Last von der Seele, als jener wieder lebendig vor ihm steht. Aber von einer brüderlichen Umarmung ist nicht die Rede. Es heißt nur, daß sie darauf weiterziehen – jedoch nicht wie in dem Märchen von den Goldkindern »der eine zu seiner Braut, der andere heim zu seinem Vater«, sondern sie ziehen gemeinsam in die Königsstadt ein. Der junge König findet seine alte spitzbübische Heiterkeit wieder und heckt einen Plan aus, um die Leute in der Königsstadt zu verwirren. Ausgangspunkt seines Planes ist, daß er und sein Bruder gleich aussehen, gleich gekleidet sind (wieso auch der ältere Bruder königliche Kleider trägt, wird nicht näher erläutert) und daß ihnen die gleichen Tiere folgen. Von entgegengesetzten Seiten wollen sie gleichzeitig in die Stadt einziehen, den Schloßhof betreten und die

Treppen zum Schloß hinaufsteigen. Da soll dann die junge Königin sagen, wer von beiden ihr rechter Gemahl ist. So trennen sie sich, um sich aufs neue zu vereinen.

Man kann diesen Vorgang geradezu geometrisch nachzeichnen. Die Königsstadt bildet einen Kreis, dessen Mittelpunkt das Königsschloß ist. Von entgegengesetzten Punkten des Kreises ziehen die beiden Brüder zum Mittelpunkt. Der Weg jedes der beiden bildet den Radius, ihrer beider Weg den Durchmesser des Kreises.

Geometrische Figuren sind »Grundformen des Lebens«, Symbole innerer Gesetzmäßigkeiten der menschlichen Seele (I. Riedel). Der Kreis (altindisch: Mandala), eines der ältesten religiösen Symbole der Menschheit, das im Ritual begangen und in der Meditation betrachtet wird, stellt sich immer dann ein, wenn es ums Ganze geht, um die Ganzwerdung und das Zu-sich-selbst-Kommen des Menschen. Was in den Kreis eingeht, wird integriert und fest umschlossen. Die beiden Brüder, die gegensätzlichen Naturen des Menschen, bewegen sich von entgegengesetzten Seiten der Peripherie – die Stadttore liegen eine Stunde weit auseinander – auf den Mittelpunkt zu: Symbol der Vereinigung widersprüchlicher und auseinanderstrebender Kräfte im Menschen.

Den innersten Kreis im Kreis bildet der Schloßhof. Im Mittelpunkt liegt das Schloß, Symbol des Selbst, der Persönlichkeit, die die beiden gegensätzlichen Seiten in sich vereint hat. Stellt man sich das Schloß in der Form eines Quadrates vor, so haben wir in der Spannung zwischen Quadrat und Kreis noch einmal ein Symbol für die spannungsreiche Einheit von Irdischem und Himmlischem, Stofflichem und Geistigem, Zeitlichem und Ewigem.

Im Schloß befinden sich der alte König und seine Tochter, die junge Königin. Der alte König ist mit der Situation überfordert: Er kann sich nicht erklären, was ihm von den Wachen gemeldet wird und was er dann mit eigenen Augen sieht. Er fragt seine Tochter, welcher von beiden ihr Gemahl sei. Auch sie ist einen Augenblick in »großer Angst« – sie wußte ja bisher nichts von der Existenz eines Zwillingsbruders – und weiß nicht zu antworten; doch dann fällt ihr das Halsband ein, das sie selbst den Tieren des Drachentöters umgelegt hat. Daran erkennt sie ihren rechten Gemahl und ruft vergnügt aus: Der, dem der Löwe mit dem goldenen Schlößchen nachfolgt, der ist es.

Was also vollzieht sich im innersten Kreis? Zunächst die Vereinigung der zwei Brüder zu einem ganzen Mann, zu einem Ich. Sodann die Vereinigung des ganzen Mannes mit dem ihm zugehörigen Weiblichen zu einem ganzen Menschen, zum Selbst. Vom Bruder ist fortan nicht mehr die Rede. Es gibt keine Doppelhochzeit wie in anderen Märchen. Die zwei Brüder sind eins geworden, und es gibt auch nur eine Frau im innersten Kreis. Der alte König, das einseitig erstarrte Bewußtsein, begreift nicht, daß der junge König zwei Seiten hat. Er kann diese »andere Seite« nicht fassen, sie bleibt ihm fremd. Auch die junge Königin empfindet, als sie der »anderen Seite« ihres Mannes, von der sie nichts geahnt hat, ansichtig wird, zunächst Angst – wer würde das nicht tun, wenn er an dem geliebten Menschen eine Seite entdeckt, die ihm fremd ist. Aber dann erkennt sie im Ganzen den Teil, den sie kennt; erkennt ihn nicht an seiner Ich-Gestalt, sondern an seiner animalischen Instinktseite, die die Tiere verkörpern. Und zwar erkennt sie sie an dem Schmuck, den sie von ihr haben, an ihrem eigenen Anteil.

Nicht selten nehmen die hilfreichen Tiere am Ende selbst menschliche Gestalt an (wie beispielsweise in dem Märchen »Der goldene Vogel« der Fuchs, der die unbewußte Naturweisheit verkörpert) und geben dem Hochzeitspaar das Brautgeleit. Um in menschliche Gestalt verwandelt zu werden, müssen sie in ihrer Tiergestalt getötet oder zerstückelt werden, das heißt, die Unbewußtheit der verborgenen Weisheit der Seele muß aufgelöst und vermenschlicht werden, nachdem das Ich alle Bereiche der Seele erfahren und sich ihre Kräfte dienstbar gemacht hat. Das wäre also noch eine Integration, die sich im innersten Kreis vollzieht: die Integration der unbewußten Werte, die dem Ich bis dahin übermenschlich, fremd und geheimnisvoll vorkamen, in das Selbst, die seelische Ganzheit.

In der Grimmschen Fassung des Märchens von den zwei Brüdern steht am Ende die Erkenntnis, »wie treu sein Bruder gewesen war«. Damit wird noch einmal das entscheidende Thema des Märchens angeschlagen: Der Bruder, der in die Welt eingeht, kämpft, siegt und untergeht, braucht zu seiner Rettung den jenseitigen Bruder, der den Verlorenen sucht und erlöst. Keiner kann ohne den anderen leben. Sie bedürfen einander.

Nachgedanken

Als ich das Märchen von den zwei Brüdern zu Ende meditiert hatte, kam mir spontan der Gedanke: Ist von dem uralten Menschheitsthema der zwei Brüder nicht auch das Drama der biblischen Heilsgeschichte geprägt?

Die Bibel erzählt auf ihren ersten Seiten die Geschichte von Adam. Adam ist nicht der erste Mensch im historischen Sinne, sondern das Urbild des Menschen, von dem wir alle Abbilder sind, also: der Mensch schlechthin. Er wird aus der Geborgenheit des Paradieses, der ungebrochenen Gemeinschaft mit Gott und mit der Schöpfung, ausgetrieben und dem Elend der Gottesferne ausgesetzt – nicht nur als Strafe für sein Verlangen, sein zu wollen wie Gott, sondern auch als Anstoß zur Reifung. Er muß – so der ursprüngliche Sinn des göttlichen Fluches über die Schlange – in einem aussichtslosen Kampf mit dem Bösen ringen, und immer gerade dann, wenn er es vernichtend getroffen zu haben meint, wird es ihm zur tödlichen Gefahr. Was der Mensch dem Bösen an Schätzen abgerungen hat, verliert er am Ende wieder. Immer tiefer verstrickt er sich in die Gewalt dämonischer Mächte, bis sie ganz Gewalt über ihn gewinnen und er dem Tode verfällt.

Aber damit ist die Geschichte des Menschen nicht zu Ende. Als die Zeit erfüllt ist, macht sich sein jenseitiger Bruder, Christus, der beim Vater blieb, auf den Weg, um den todverfallenen Bruder, den er liebt bis in den Tod, zu suchen und zu retten. Er geht ihm nach, tief hinein in die vom Bösen verhexte Welt, ja er steigt bis ins Totenreich hinab, um Adam zu erlösen.[4]

In apokryphen Schriften (Nikodemusevangelium) und in den Darstellungen der Kunst (Ikonen, Dürer, Brüggemann) wird die Hadesfahrt Christi anschaulich geschildert: Christus steigt – wie es im ökumenischen Glaubensbekenntnis heißt – in das Reich des Todes hinab, zerstört die Pforten der Unterwelt, überwindet den Herrscher des Totenreiches (auf einigen Darstellungen setzt er dem personifizierten Hades in Siegerpose den Fuß auf den Nacken), entreißt ihm die »Schlüssel des Todes und des Totenreiches«, faßt Adam bei der Hand, reißt ihn aus dem Grab heraus und führt ihn mit allen, die der Tod in seine Gewalt gebracht hat, aus dem Totenreich heraus ins Leben. Da ruft stöhnend der Hades: »Geopfert ward meine Macht, der Hirte ward gekreuzigt, und den Adam auferweckte er: Über die ich meine Gewalt ausübte, sie wurden mir geraubt, und die ich verschlang in meiner Macht, die habe ich alle ausgespien ...«, heißt es in der ostkirchlichen Liturgie am großen Sabbatabend. Und an einer anderen Stelle wird deutlich ausgesprochen, daß Adam der Mensch schlechthin ist, daß ich Adam bin: »Um mit deinem Ruhm den Kosmos zu erfüllen, stiegst du hinab tief unter die Erde; denn dir war nicht verborgen meine Zusammensetzung in Adam, und begraben erneuertest du mich, den Verwesten, Menschenliebender!«

Diese Zusammenschau und Gegenüberstellung von Adam und Christus geht auf das Neue Testament selbst zurück. Der Apostel Paulus knüpft seinerseits an eine jüdische Tradition an, nach der die verlorene Herrlichkeit des Urmenschen (Adam) durch den kommenden Messias (Christus) wiederhergestellt werden soll. Paulus spricht von dem ersten Adam, der von der Erde stammt, und von dem zweiten Adam (Christus), der vom Himmel stammt. Der erste Adam ist der Prototyp des irdischen und vergänglichen Menschen: »In Adam« sind alle Menschen der Sünde und dem Tode verfallen. Der zweite Adam, Christus, ist der Prototyp der himmlischen, das heißt der durch ihn erlösten Menschen: »In Christus sind alle Menschen als gerechtfertigte Sünder zu neuem Leben erweckt« (1. Korinther 15,22). Mit dem ersten Adam geht diese Weltzeit (Äon) zu Ende; mit Christus beginnt der neue Äon, in dem Gott die erlöste Schöpfung vollendet.

Nicht von ungefähr taucht die Gegenüberstellung von Adam und Christus bei Paulus in seinem großen Kapitel über die Auferstehung auf. Die irdisch-vergängliche Gestalt unseres Lebens (soma psychikon) vergeht im Tode, doch in der Auferstehung werden wir mit einer himmlisch-unvergänglichen Gestalt (soma pneumatikon) überkleidet werden.

Geht es zu weit, wenn wir das Motiv der zwei Brüder im Blick auf Adam und Christus noch weiter ausdehnen? Adam hat seinen jenseitigen Bruder, der ihn vom Tode errettete, getötet und tötet ihn immer wieder. Er ist durch das Auftauchen seines Bruders beunruhigt. Er meint, dieser wolle ihm seinen Besitz streitig machen. Er will ihm nicht Raum geben. Konkurrenzneid erfüllt ihn. Die Weisheit der Welt und die göttliche Weisheit liegen miteinander im Streit. Ist das nicht der lebenslange Konflikt zwischen dem alten Adam und dem Christus in uns?

Martin Luther deutet die sakramentale Taufhandlung, bei der der Täufling ursprünglich ganz unter Wasser getaucht wurde, als einen symbolischen Akt, der »durch tägliche Reue und Buße« wiederholt werden muß: daß der alte Adam in uns soll ersäuft werden und sterben mit allen Sünden und bösen Lüsten, und wiederum herauskommen und auferstehen ein neuer Mensch, der in Gerechtigkeit und Reinigkeit vor Gott ewiglich lebe. Luther beschreibt damit den lebenslangen Konflikt zwischen dem alten Adam und dem Christus in uns. Aber geht es dabei um die Unterdrückung und Tötung des gottgeschaffenen alten Adam in uns? Christus ist – wie das Bild von der Hadesfahrt Christi zum Ausdruck bringt – nicht gekommen, um Adam zu verdammen, sondern um ihn von der Macht der Sünde und des Todes zu erlösen zu der herrlichen Freiheit der Kinder Gottes. Es geht also letztlich um die Versöhnung von Adam und Christus.

Erst wenn der gerettete Bruder erkennt, wie treu sein Bruder ihm gegenüber gewesen ist, kann es zur endgültigen Versöhnung beider Brüder kommen. Und erst wenn Adam und Christus versöhnt sind, kann auch Friede auf Erden werden. Bis dahin ist es ein langer Weg, auf dem beide den Tod erleiden und wieder zum Leben erweckt werden. Das wahre Leben kann nur durchs Sterben hindurch gewonnen werden.

1 Das Märchen »Die zwei Brüder« ist von den Brüdern Grimm 1819 für das in der Ausgabe von 1812 als Nr. 60 aufgeführte Märchen »Das Goldei« eingesetzt worden. Ihre Fassung des Zwei-Brüder-Märchens ist eine literarische Zusammenstellung zweier verschiedener Fragmente, von denen das erste den zweiten Teil der Erzählung nur bruchstückartig wiedergab und deshalb in diesem Teil durch das zweite ersetzt wurde. Die Brüder Grimm merken dazu an: »Von da an, wo die verstoßenen Kinder in den Wald zu dem Förster gelangen, sind wir einer trefflichen und ausführlichen Erzählung aus der hessischen Schwalmgegend, wogegen jene paderbörnische nur ein dürftiger Auszug ist, gefolgt; diese hat weiter keinen Eingang, als daß angeführt wird, der Förster habe zwei arme Kinder, die vor seiner Tür gebettelt haben, zu sich genommen« (Anmerkungen zu den Kinder- und Hausmärchen der Brüder Grimm).

Es gibt unter den zahlreichen Varianten des Brüdermärchens im wesentlichen zwei verschiedene Einleitungen: die Goldvogel-Geschichte und die magische Geburt. Die Goldvogel-Geschichte kommt auch für sich allein oder in Verbindung mit anderen Märchen vor. In dem Märchen »Das Goldei« sagt der Goldvogel zu dem Goldschmied:

»Wer ißt mein Herzelein,
Wird bald König sein;
Wer ißt mein Leberlein,
Findet alle Morgen unterm Kissen ein Goldbeutelein.«

Dementsprechend verläuft das Märchen: Der eine Bruder wird König, der andere wird reich. In unserem Märchen wird dieser Gedanke – vermutlich wegen der Kombination zweier selbständiger Märchen – nicht durchgeführt. Von den Goldstücken, die die zwei Brüder jeden Morgen unter ihrem Kopfkissen finden, ist später nicht mehr die Rede. Aber auch in unserem Märchen haben die zwei Brüder gleichwertige Funktionen: Der eine besteht den Kampf mit dem Drachen, der andere den Streit mit der Hexe. In einer schleswig-holsteinischen Variante des Brüdermärchens (Nr. 17 bei K. Ranke) wird der jüngere Bruder, der die Leber des Goldvogels gegessen hat, von der Hexe gebannt, und der ältere, der das Herz aß und König wurde, erlöst ihn wieder.

Die Einleitung, die von einer magischen Geburt erzählt, ist vielleicht die ursprüngliche: Ein kinderloser Fischer fängt dreimal hintereinander den König der Fische. Beim dritten Mal rät ihm dieser, ihn in eine gewisse Anzahl von Stücken zu schneiden und je einen Teil seiner Frau, Stute und Hündin zu geben, den Rest aber im Garten unter einem Baum zu vergraben. Darauf gebiert die Frau zwei Knaben, Stute und Hündin werfen je zwei Junge, und im Garten wachsen zwei Schwerter und Bäume. Die Knaben und Tiere sehen sich sehr ähnlich. – Als die Jungen erwachsen sind, zieht der erste mit einem Pferd und einem Hund und einem Schwert in die Welt. Der andere bleibt zu Hause und zieht ihm nach, als er an dem welkenden Baum erkennt, daß seinem Bruder ein Unglück zugestoßen ist.

Die Wesensverwandtschaft beider Einleitungen besteht darin, daß die zwei Brüder durch den Genuß von Teilen des Goldvogels oder durch magische Geburt dazu prädestiniert sind, ungewöhnliche Taten zu vollbringen. (Vergleiche dazu K. Ranke, Die zwei Brüder, S. 112 ff. u. 354 ff.)

2 Bis hierher, jedoch ohne die einleitende Goldvogel-Geschichte, existiert das Märchen auch für sich als »Drachentöter-Märchen« (nach dem Typenkatalog von Aarne/Thompson Nr. 300). Dieses ist eines der ältesten, verbreitetsten und variabelsten Märchen (K. Ranke).

3 Auch diese und die folgende Episode existiert als Märchen für sich oder kommt im Zusammenhang anderer Märchen vor; zum Beispiel in dem lettischen Märchen »Die Hexe auf der Espe«, in dem Zigeunermärchen »Die frierende alte Zauberin«, in dem Grimmschen Märchen »Die Goldkinder« und in dem kaukasischen Märchen »Der kahlköpfige Gänsehirt«.

4 Schon im Frühmittelalter wurde das Zwei-Brüder-Motiv ins Christliche übertragen. Um das Jahr 1100 entstand die Erzählung von den zwei Brüdern Amicus und Amelius, die entweder auf das Zwei-Brüder-Märchen selbst zurückgeht oder auf eine von ihm abhängige Schwurbrüdersage, beziehungsweise auf die damit verbundene rituelle Praxis der Brüderlichkeit. Hier ist von einem Adam die Rede, der in die Welt geht und der Sünde und dem Tod verfällt, und von einem brüderlichen Christus, der zunächst beim Vater bleibt und erst, als jener dem Tod verfällt, ihm nachfolgt und ihn als Nothelfer und Heiland von seiner Verfallenheit erlöst. Damit wird der Sinn der rituellen Brüderlichkeit auf das Urverhältnis des opferbereiten Gottmenschen zu dem notbeladenen Menschen zurückgeführt und darin begründet.

Anderthalb Jahrhunderte nach der Erzählung von Amicus und Amelius hat Konrad von Würzburg (1220/30–1287) das Zwei-Brüder-Motiv in seinem Ritterepos »Engelhard« aufgegriffen und neu gestaltet. Er beruft sich ausdrücklich auf eine lateinische Vorlage, die möglicherweise die Heiligenlegende der beiden Ritter ist, deren Gräber in der Lombardei liegen. (Vergleiche dazu H. Gehrts, Das Märchen und das Opfer, S. 99ff.)

LITERATUR

Speziell zum Brüdermärchen:

Otto Rank, Das Brüdermärchen, in: Psychoanalytische Beiträge zur
Mythenforschung aus den Jahren 1912 bis 1914. Leipzig/Wien/
Zürich 1922, S. 119 ff.

L. Mackensen, Handwörterbuch der deutschen Märchen Bd. I,
Berlin/Leipzig 1930, S. 338 ff.

Kurt Ranke, Die zwei Brüder. Eine Studie zur vergleichenden
Märchenforschung. Folklore Fellows Communications Nr. 114,
Helsinki 1934

Ders., Schleswig-Holsteinische Volksmärchen (ATh 300–402). Aus
den Sammlungen der Kieler Universitätsbibliothek, der Schleswig-Holsteinischen Landesbibliothek und des germanistischen
Seminars der Universität Kiel, Kiel 1955

Anmerkungen zu den Kinder- und Hausmärchen der Brüder
Grimm, neu bearbeitet von Johannes Bolte und Georg Polivka.
Bd. I (Nr. 1–60), Hildesheim 1963[2], S. 528 ff.

Hedwig von Beit, Gegensatz und Erneuerung im Märchen. Zwei-
ter Band von »Symbolik des Märchens«, Bern/München 1965[2], S.
277 ff.

Heino Gehrts, Das Märchen und das Opfer. Untersuchungen zum
europäischen Brüdermärchen, Bonn 1967

Bruno Bettelheim, Kinder brauchen Märchen (dtv Nr. 1481),
München 1980, S. 106 ff.

Uwe Steffen, Drachenkampf. Der Mythos vom Bösen (Reihe
»Symbole«), Stuttgart 1984, S. 163 ff.

Allgemein:

Handwörterbuch des deutschen Aberglaubens, Berlin/Leipzig
1927 ff.

Max Lüthi, Das europäische Volksmärchen. Form und Wesen, Bern
  1947

Erich Neumann, Ursprungsgeschichte des Bewußtseins, Zürich
  1949

Ders., Die Große Mutter. Der Archetyp des Großen Weiblichen,
  Darmstadt 1957

Ders., Krise und Erneuerung, Zürich 1961

Hedwig von Beit, Symbolik des Märchens. Versuch einer Deutung,
  Bern/München 1967[3]

Ingrid Riedel, Farben. In Religion, Gesellschaft, Kunst und Psychotherapie (Reihe »Symbole«), Stuttgart 1983

Dies., Formen. Kreis, Kreuz, Dreieck, Quadrat, Spirale (Reihe
  »Symbole«), Stuttgart 1985

Weisheit im Märchen
Herausgegeben von Theodor Seifert

Neben dem vorliegenden Band sind erschienen:

KREUZ VERLAG

UWE STEFFEN · DRACHENKAMPF
Der Mythos vom Bösen
Buchreihe »Symbole«
255 Seiten mit vier Farbtafeln, kartoniert

Der Drachenkampf ist ein universales Motiv. Es ist nicht nur über die ganze Erde verbreitet, sondern findet sich auch in allen symbolischen Texten der Religionen und Kulturen: im Mythos, im Märchen, in der Sage und in der Legende. Der Drache ist Symbol der zerstörerischen Kräfte des Bösen in der menschlichen Seele. In der Gefahr, von diesen dämonischen Kräften vernichtet zu werden, halten die Menschen Ausschau nach einem Helden, der für sie den Drachen überwindet.

UWE STEFFEN · JONA UND DER FISCH
Der Mythos von Tod und Wiedergeburt
Buchreihe »Symbole«
192 Seiten mit vier Farbtafeln und mehreren Schwarzweiß-
grafiken, kartoniert

Die biblische Jona-Geschichte schildert in symbolischer Sprache das Grundmuster eines Konflikts zwischen Ich, Welt und Gott. Gerade im 20. Jahrhundert übt das Jona-Motiv eine große Anziehungskraft aus, weil der einzelne sich kollektiven Bedrohungen nicht gewachsen fühlt und vor ihnen wie Jona flüchtet. Der Mythos von Jona und dem Fisch vermittelt aber auch die Hoffnung, daß der verschlingende Abgrund Schoß einer Wiedergeburt sein kann.

KREUZ VERLAG